아빠 나를 죽이지 마세요

Stuck in Neutral by Terry Trueman
Copyright © 2000 by Terry Trueman
All rights reserved.
This Korean edition was published by Booknbean Publisher in 2009, 2025
by arrangement with HarperCollins Publishers
through KCC(Korea Copyright Center Inc.), Seoul.

이 책은 (주)한국저작권센터(KCC)를 통한 저작권자와의 독점계약으로
책과콩나무에서 출간되었습니다. 저작권법에 의해 한국 내에서 보호를 받는 저작물이므로
무단전재와 복제를 금합니다.

아빠 나를 죽이지 마세요

테리 트루먼 지음 · 천미나 옮김

책과콩나무

01

내 이름은 숀 맥다니엘. 내 삶은 '좋은 소식과 나쁜 소식' 류의 농담 같다. "좋은 소식과 나쁜 소식이 있는데, 뭐부터 들을래?" 뭐, 이런 농담이랄까.

그런 농담에서는 항상 좋은 소식이 먼저니까, 그럼 좋은 소식부터 시작해 볼까? 나는 평생을 지구라는 행성에서 보냈고, 14년(조금 있으면 15년!) 동안 줄곧 시애틀에서 살고 있다. 여기에서 살아 보면 알겠지만, 시애틀은 생각보다 몇 배는 더 멋진 도시다. 비와 궂은 날씨 때문에 이러쿵저러쿵 툴툴대는 사람들도 있지만 나는 시애틀이 좋다. 심지어 비마저도 좋다.

우리 집은 '스페이스 니들*'과 시애틀 슈퍼소닉스**의 홈구

---

*Space Needle, 184m 높이의 전망대로 시애틀의 상징으로 불린다.
**Seatle Supersonics, 미국 프로농구팀의 이름

장인 '키 아레나', 그리고 '퍼시픽 사이언스 센터'가 있는 시애틀 센터에서 채 1.5킬로미터도 떨어져 있지 않다. 게다가 2.5킬로미터만 가면 과거 비공식 전 세계 그런지 록*의 성지인 '벨 타운'이다. 막내인 나는 신디 누나보다는 세 살, 폴 형보다는 두 살 어리다. 형이나 누나한테 내 마음을 들키고 싶지는 않지만, 두 사람은 나에게 꽤나 근사한 형이고 누나다.

자, 이만하면 좋은 소식이지 않은가? 좋은 소식이 몇 가지 더 있다. 나한테는 괴상한 능력이 하나 있다. 다른 사람들이 이걸 뭐라고 부르는지는 잘 모르겠다. 천부적 재능? 초능력? 이걸 뭐라고 부르는지는 중요하지 않다. 중요한 건, 나에게는 한 번 들으면 뭐든지, 완벽하게, 하나도 빠짐없이 기억하는 능력이 있다는 사실이다. 모조리! 완벽하게! 완전히! 나와 같은 능력을 가진 사람이 또 어디에 있는지는 잘 모르겠다. 보통 사람들은 살면서 듣는 소리를 이것저것 조금씩만 기억하지만 나는 언제나 모든 소리를 남김없이 몽땅 기억한다.

서너 살 무렵부터였다. 처음에는 한 번 들으면 대부분을 기억하기는 했지만 잊어버리는 것도 있었다. 하지만 다섯 살이 되자, 한 번 들은 건 하나도 빠짐없이 머릿속에 그대로 남았다. 사람들이 나누는 대화나 텔레비전 광고는 물론, 어쩌다 한 번 들은 노래의 가사나 멜로디까지 또렷이 기억났다. 모든 말, 그러니까 영화 속 대사는 물론이고 길거리에서 무심코 듣게 되는 낯선 사람들의 뭐 이런 대화까지도. 우리 집 앞에서 버스를 기다리면서 한 여자가 다른 여자에게 "야, 너 그 사람 아직도 좋아해?" 하고 묻는 순간, '쉬이익' 하는 소리와 함께 젖어 있는 도로 위로 버스가 달려오더니 '끼이이익' 하며 브레이크를 밟았고, 다른 여자는 "잘 모르겠어. 추수감사절 날 헤어진 뒤로 칠면조 고기라면 쳐다보지도 않지만……" 하고 대답했다.

2년 전, 당신이 쇼핑센터의 카페 밖에서 여자 친구와 다투며 소리친 말들, 아니면 열 살 때 스포츠 매장에서 야구 글러브를 사면서 당신 아빠가 한 말도 난 다 기억해 낼 수 있다. 그것도 완벽하게. 한번 찬찬히 기억을 더듬어 봐라. 당신이 켄 그리피 주니어**가 사인한 장갑을 사고 싶다고 했더니 당신 아빠는 그건 너무 비싸다고 했다. 당신 아빠는 조금 더 싼 대만산 장갑을 사기를 바랐다. 당신 아빠가 당신에게 "괜찮

---

*Grunge Rock, 시애틀에서 유래한 록 음악의 일종. '얼터너티브 록'이라고도 부르며, 대표적인 밴드로는 '너바나Nirvana'가 있다.
**Ken Griffey Jr.(1969~), 미국 메이저리그의 유명한 야구 선수

아, 아빠가 여기에다 '켄 그리피 주니어'라고 써 줄게."라고 말하자 당신은 이렇게 물었다. "정말 그렇게 해 줄 거야?"라고. 그랬더니 당신 아빠는 이렇게 말했다. "두말하면 잔소리, 세말하면 입 아프다." 그러고는 당신과 당신 아빠는 깔깔거리며 웃었다. 지어낸 말이 아니다. 정말 있었던 일이다. 그리고 아무리 세월이 흘러도, 단 한 번이라도 당신 목소리를 다시 듣는다면 나는 여전히 당신을 알아볼 수 있다. 당신의 목소리는 물론, 목소리의 울림까지도 정확하게 기억하니까.

 잘난 척하거나 우쭐대는 것처럼 보이지 않았으면 한다. 사실이 그렇다는 거다. 뭐, 나 역시 내 기억력이 정말 대단하다고 생각하지만, 그렇다고 그 대단한 기억력 덕분에 내가 부자가 된다거나 유명해질 일은 없다는 얘기다. 그저 나도 모르는 사이에 나를 특별하게 만드는 이러한 재능을 갖게 되었을 뿐이다. 우웩! 나는 '특별하다'라는 말이 정말 싫다. "그는 정말 특별한 사람이야."라고 할 때처럼. 쳇, 누구는 안 특별한가! 하지만 특별하지 않은 사람들이 있다는 것 또한 사실이다. 누구에게나 나와 상관없는 일이었으면 하는 단점은 있게 마련이다. 우리가 가진 나쁜 소식들.

 좋은 소식이라면 몇 시간이고 떠들 수 있지만 아마도 여러분이 기다리는 건 바로 결정타, 내 나쁜 소식일 거다. 안 그래? 사실, 뭐 그렇게 많지는 않지만 꽤 대단한 얘기가 있긴 하다. 첫째, 우리 부모님은 10년 전에 나 때문에 이혼했다. 나의 출생이 우리 가족의 모든 것을 완전히 바꾸어 놓았다. 아빠가 이혼한 사람은 엄마가 아니다. 그렇다고 누나나 형도 아니다. 바로 나다. 아빠는 내 상태를 견디지 못했고, 그래서 떠나야만 했다. 내 상태? 그게 바로 내 나쁜 소식의 결정타인 셈이다.

나쁜 소식이라는 건, 세상의 눈으로 보면 내가 완전한 지적 장애아라는 사실이다. 저능아, 흔히 멍청한 말을 하거나 어리석은 행동을 하는 친구를 놀릴 때 쓰는 그 '저능아'가 아니다. 진짜 저능아라는 말이다. 여기서 진짜는 '완전히'라는 말이다. '완전 바보천치'라고 할 때처럼. 나를 알고 나를 본 사람은 하나같이, 한 번이라도 가까이에서 나를 본 사람은 그 누구를 막론하고 내가 돌대가리라는 사실을 한눈에 알아본다. 과학의 신비를 통해 설명해 주지.

학구관리소에서는 매년 개별화 교육 계획에 따라 검사를 진행하기 위해 나에게 아동심리학자를 보낸다. 여섯 살 때부터 한 해도 거르지 않고 한 뭉치나 되는 검사지(과학적 기준과 표준이 되는)를 던져 주는데, 모양이나 색깔, 그리고 짝 맞추기와 '조지 워싱턴은 누구입니까?'라든지 '2 더하기 2는 몇입니까?' 같은 지능 검사가 대부분이다. 나는 해마다 한 문제도 통과하지 못하고 그냥 멍하니 자리만 지킨다. 그러면 선생님이 들어와서 엄마한테 숫자를 내준다. 아이큐 1.2, 정신연령 3에서 4.(년이 아니라 개월이다.) 그러고는 쓸모없는 과학적 데이터들을 챙겨서 다음 바보에게 이동한다.

벌써 8년째다. 해마다, 한 해도 거르지 않고. 그래, 세상 사람들의 기준에서 보면 나는 바보천치다. 의사들이 내가 왜 멍청한지 엄마 아빠한테 설명하고, 엄마 아빠가 친구들한테 설명하는 말을 수억 번도 넘게 들었다. 그들은 내 뇌가 작동하지 않아서 그렇다고 생각한다. 하지만 그게 전부가 아니라는 걸 그들은 알지 못한다.

02

문제는, 내가 뇌성마비라는 사실이다. 뇌성마비는 병이 아니라 신체의 상태를 말한다. 나는 태어나면서 뇌에 손상을 입었다. 머릿속에서 미세한 혈관이 하나 터졌는데, 공교롭게도 이 혈관이 100퍼센트 잘못된 지점에 위치하고 있었다. 정확히 뇌의 어느 지점에서 이러한 손상이 발생했는지(전두엽? 대뇌피질?) 설명할 수 있을 정도로 뇌에 대해 잘 알지도 못하지만, 그게 어디든 간에 근육을 조절하는 힘을 완전히 잃어버렸다. 나는 단 하나의 근육도 마음대로 조절할 수가 없다. 손가락, 손, 왼발, 배, 혀, 성기, 목구멍, 엉덩이, 눈썹, 그 어느 것도. 그 어느 하나도. 그러니 아동심리학자가 '조지 워싱턴은 누구입니까?'라고 질문을 던진들, 1달러 지폐*와

---

*미국의 1달러 지폐에는 조지 워싱턴이 그려져 있다.

체리나무 이야기*는 물론이요, 영국에 대항한 이주민들의 혁명과 건국의 아버지라는 이야기, 나무 틀니**와 토머스 제퍼슨***과의 만남에 이르기까지, 도대체 내가 무슨 재주로 답변을 하겠냐 이 말이다. 벌써 아주 오래전에 저세상으로 간 초대 대통령에 대한 질문을 받으면 내가 할 수 있는 일이라고는 오로지 침 분비 기능이 작동하면 침을 흘리고, 오줌을 싸는 기어가 돌아갈 때는 바지에 오줌을 싸고, 음성 프로그램이 선택되면 "아아아아!" 하는 소리만 내지를 뿐이다.

"내 말을 알아들으면 눈꺼풀을 두 번 깜박여 보세요."라고 말해 주는 사람 하나 없고, 하다못해 목 근육이라도 살아 있다면 목으로 쿵쿵 찍어 "이봐요, 나는 한 번 들은 건 몽땅 기억하니까 로큰롤 좀 틀어 줄래요?" 이렇게라도 좀 써먹을 수 있게 모스 부호를 가르쳐 주려는 이도 없다. 내 손을 붙잡아 점자판에 대보는 사람도, 가슴에 대고 손가락으로 글자를 그려 보려는 사람도 없다. 그도 아니면 할리우드 영화에 나오

---

* 조지 워싱턴이 어릴 때 선물 받은 도끼가 잘 드는지 시험하려고 마당의 체리나무를 잘랐는데, 알고 보니 아버지가 아끼는 나무였다. 화가 난 아버지에게 워싱턴이 솔직하게 스스로의 잘못을 고백하자, 아버지는 잘못을 숨기지 않고 고백하는 용기와 정직함을 높이 사서 용서해 주었다는 이야기
** 조지 워싱턴은 20대부터 이가 빠지기 시작해서 틀니를 끼었는데, 나무로 만든 틀니를 끼었다고 알려져 있다.
*** Thomas Jefferson(1743~1826), 미국의 제3대 대통령

는 수많은 접속 기술 가운데 어느 하나라도 시도해 보려는 사람도 없다. 이런저런 시도를 해보기에는 내 상태가 너무나 심각하다고 생각하기 때문이다. 사실은 이들 중 그 어느 방법도 내겐 아무런 효과가 없다. 나는 근육 하나도 내 마음대로 움직일 수 없기 때문이다. 지금껏 불가능했고 앞으로도 불가능하다는 사실을 잘 안다. 이상 끝! "내 말을 알아들으면 눈꺼풀을 두 번 깜박여 보세요." 할 수 있다면 왜 안 했을까. 이미 수백만 번도 넘게 시도했고, 다시 한 번 시도해 보았지만 아무 소용이 없다. 도저히 눈 깜박임을 조절할 수가 없다. "초콜릿 케이크가 먹고 싶으면 머리를 움직여 보세요." 초콜릿 케이크가 먹고 싶지만 머리를 움직이기는커녕 입에다 넣어 준다고 해도 제대로 씹기조차 힘들다. 그냥 꼼짝 않고 앉아 있다가 케이크가 초콜릿 죽이 되어 녹아내리고 삼키기 반사가 일어나 입 안으로 집어넣기를 기다릴 수밖에. 삼키기, 숨쉬기, 움찔하기, 성기의 발기 등 뇌줄기의 모든 기능이 내게도 일어나지만 내 의지로 조절하지는 못한다.

나는 휠체어에 앉아 있다. 말도 못 한다. 내 마음대로 눈동자를 움직이지 못하니 자유롭게 책을 보는 일도 불가능하다. 우선은 책을 들거나 책장을 넘기지도 못하지만, 설령 손을 쓰는 일이 가능하다고 해도 눈동자가 제멋대로 움직여 버려 아무런 소용이 없다. 그나마 눈이 한군데 고정되어 있는 시간이 많은 편이라 그럭저럭 보기는 한다. 그런데 내 눈에는 마음이라도 달려 있나 보다. 도저히 내 마음대로 무엇에 시선을 고정시킬 수가 없으니 말이다. 지금 당장 무언가를 보고 있다가도 눈 근육이 벽에 묻은 얼룩을 봐야겠다고 마음을 정하면 그뿐이다.

  나는 일곱 살 때 읽기를 떼었는데, 순전히 신디 누나 덕분이다. 누나는 얼간이처럼 멍하니 앉아 있는 나에게 다가오더니 '올해의 특수교육 선생님' 놀이를 했다. 누나는 손으로 한 글자씩 짚으며 소리를 불러 주었고, 그 다음에는 선생님이 누나에게 가르쳐 주었듯이 간단한 문장을 보여 주며 낱말들을 천천히 읽어 주었다. 내가 몸을 움찔하거나 이상한 소리를 내며 바보 같은 짓을 하면 누나는 나를 혼내며 수업을 계속했다. 누나는 놀이를 하는 중이었다. 나는 배우는 중이었다. 누나와 함께 학교놀이를 하며 들었던 소리를 머릿속으로 기억하면서 그 소리에 맞춰 글자들을 보면서 읽기를 깨우칠 수 있었다. 그밖에도 텔레비전 화면이나 비디오 자막은 물론 일상생활의 온갖 종류의 표지판들에서, 예를 들면 모텔

(MOTEL) 간판에서 모텔이 'm-o-t-e-l'이라는 걸 배웠고, 정지(STOP) 표지판에서는 's-t-o-p'를 익혔다. 글자 하나에 소리 하나라는 사실만 터득하면 읽기는 식은 죽 먹기다. 일단 그 사실만 깨우치면 잡지 표지나 광고판의 글자들, 비행기가 지나가고 난 뒤 하늘에 둥둥 떠다니는 글자 모양의 구름들이라든지 굿이어 타이어의 소형비행선에서 번쩍이는 글자들이 몽땅 의미 있는 소리로 변신한다. 소리에서 글자로, 글자에서 낱말로, 낱말에서 문장으로 읽기가 된다. 물론 내가 읽을 줄 안다는 사실을 아는 사람은 아무도 없다. 영화 〈폭력 탈옥〉에 나오는 소장의 대사처럼 "이 친구는 말이 안 통하는 친구라고." 어차피 말이 통하지 않으니 내 경우는 그랜드 캐니언을 구덩이라고 하는 거나 마찬가지다.

 아무 할 일도 없이 시간이 넘쳐 나는 사람에게 배우고 기억할 거리가 얼마나 많은지 아마 상상도 못 할 거다. 텔레비전, 자동차 라디오, 형이나 누나가 친구들과 나누는 이야기들, 식구들이 전화로 통화하는 이야기들, 신문과 잡지, 가까운 탁자나 의자나 소파 위에 펼친 채 내버려 둔 책에서 찔끔찔끔 읽은 것들, 지나가다 흘깃 본 간판과 광고판, 그밖에도 무수히 글로, 말로, 보고 들은 정보들이 모두 다 나의 선생님이었다. 들은 걸 모조리 기억하지 못하는 사람에게는 이 모든 것이 그다지 커다란 의미로 다가오지는 않을 거다. 그렇지만 나는 모든 것을 기억한다. 한 번 머릿속으로 들어온 건 다시는 밖으로 빠져나가지 않는다. 난 제법 영리한 편이다. 이렇게 말하고 보니 도로 좋은 소식으로 되돌아온 것 같은데? 좋아, 그럼 다시 현실로 돌아가 보지 뭐.

내 방식대로 인생을 경험한다는 것은, 다시 말하면 오로지 보고 듣는 것을 통해서만 인생을 경험하다 보면 무언가를 진정으로 이해한다는 게 어려운 일이 된다. 달리는 사람을 보기는 했지만 막상 달릴 때 다리가 어떤 느낌일지 도대체 알 도리가 없다. 야구공을 던질 때 팔의 느낌은 어떨까? 손가락으로 연필을 잡을 때는? 누군가와 입맞춤을 할 때 입술과 입술이 닿는 느낌은 어떨까?

한술 더 떠서 소리만 듣다 보면 간혹 혼란과 오해가 발생하기도 한다. 엄마가 '칠면조 드레싱(turkey dressing)'[*]이라는 말을 처음 했을 때, 엄마가 왜 칠면조한테 옷을 차려 입히려고 하는지 도무지 이해가 되지 않았다. 말보르 맨(Malboro Man)[**]을 광고판에서 처음 보았을 때, 나는 담배를 피우고 있는 카우보이가 말보르 씨(Mr. Malboro)가 틀림없다고 생각했고, 그 후 6개월이 지나도록 우리 아빠는 맥다니얼 맨, 옆집에 사는 밥 메이어 씨는 메이어 맨, 우리 집에 우편물을 배달해 주는 아저씨는 우편 맨 등등, 뭐 이런 엉뚱한 오해 속에 살았다. 대부분은 시간이 지나면 저절로 오해가 풀리지만 몇 가지는 아직도 헛갈린다. 예를 들면, 세차는 어떻게 하는 거지? 세차장에 가면 정말 자동차 한 대가 들어갈 정도로 커다란 욕조가 있는 걸까? 트럭은 어쩌고? 게다가 차를 물속에 담그면 엔진이 망가지는 거 아닌가? 이해하는 데 정말 시간이 오래 걸린 게 하나 있다. 글자로 쓰인 걸 직접 보기 전까지 늘 의아했던 게, 아픈 사람들을 죽이는 행위를 'euthanasia'라고 하는데, 일본이나 중국 같은 아시아에 사는 젊은이들이 들으면 분명 기분이 나쁠 텐데 왜 뭐라 하는 사람이 아무도 없나 싶었다.*** 말이 통하지 않는 게 천만다행이지, 하마터면 바보 취급을 당할 뻔했다.

　나 자신을 불쌍하게 여기지는 않지만, 나 한 사람 때문에 우리 가족이 힘들다는 사실을 누구보다 잘 알기에 식구들에

---

* 드레싱(dressing)은 소스를 말하지만 드레스(dress)에는 '옷을 입히다'라는 뜻이 있다.
** 담배 브랜드 '말보로'의 선전에 나오는 카우보이 이미지의 남자 모델
*** 안락사를 뜻하는 영어는 euthanasia로 'Youth-in-Asia'와 발음이 유사하며, Youth-in-Asia는 우리말로 '아시아의 젊은이들'이라는 뜻이다.

게는 무척 미안하다. 우리 식구들은 각자 서로 다른 방식으로 그러한 곤란에 대처한다. 엄마는 대단한 애정과 인내로 견뎌내며, 누나는 엄마와 닮은 점이 많다. 형은 점점 인내심을 잃어 가며, 때로는 화도 낸다. 내 삶이 사실은 이렇다고 식구들과 탁 터놓고 말해 보고 싶지만 그럴 수가 없다. 내가 모두의 삶을 바꾸어 놓았다. 나 때문에 모두 다 상처를 입었다. 그 생각은 나를 우울하게 만드는 두세 가지 이유 가운데 하나이기 때문에 되도록 생각하지 않으려고 한다. 나는 바보가 아니며, 이 쓸모없는 몸뚱이 안에 진짜 내가 있다는 사실, 내가 여기에 있다는 걸, 난 단지 이도저도 아닌 어딘가에 갇혀 있을 뿐이라는 사실을 사람들이 안다면, 아니 단 한 사람이라도 알게 된다면 과연 내 인생은 어떻게 될까 하고 이따금씩 정말로 궁금해진다. 계속 그 생각에 빠져들다 보면 난 정말 미쳐 버릴지도 몰라!

　엄마는 아직도 내가 무슨 신생아나 바보라도 되는 양 나에게 말을 건넨다. 친구들이 집에 들렀을 때나 전화로 수다를 떨 때 엄마가 하는 모든 말들은 물론, 누나와 형에게 하는 말까지 하나도 빼놓지 않고 내가 이해한다는 사실을 엄마는 알 턱이 없다. 당연히 엄마와의 접촉은 "오, 오, 울 애기, 착하지…… 우리 큰 애기…… 쭈쭈, 찌찌, 때때, 지지."처럼 이런 말들로 한정된다. 뭐, 귀여운 아기 말들이랄까. 딱 한 번이라도 좋으니 제발 엄마한테 "어유, 엄마, 나도 열네 살이면 먹을 만큼 먹었어." 하고 말하고 싶다. 하지만 불가능하다. 그러니 어쩌겠나.

내 삶이 얼마나 힘든지 신경 쓰고 걱정하느라 시간을 낭비하고 싶은 생각은 없다. 물론 조금도 생각하지 않는다는 건 어려운 일이다. 솔직히 그 걱정 아니면 달리 할 일도 없는 게 사실이다. 하지만 되도록 내 인생의 나쁜 소식에 대해 너무 투덜대지 않으며 살려고 노력한다. 투덜댄다고 달라지는 건 아무것도 없으니까.

쓸모없는 몸뚱이 안에 갇혀 있는 게 어떤 느낌이냐고? 그걸 말이라고 해? 좌절감을 느껴 본 적이 있냐고? 지금 누구 놀려! 그렇다고 내가 뭘 어쩌겠어. 흥분해 봤자 아무 소용없는데. 아니, 오히려 흥분하면 할수록 기분만 나빠질 뿐이라는 사실을 깨달은 지 오래다.

내 인생의 나쁜 소식 가운데 최후의 결정타가 하나 남았다. 이 나쁜 소식은 복잡해서 설명하기가 힘들다. 간단히 말하면, 상당히 확신하건대, 아빠가 나를 죽이려는 계획을 세우고 있다는 거다. 좋은 소식은, 아빠가 그러한 계획을 세운 이유가 나를 사랑하기 때문이라는 거다. 나쁜 소식은, 아빠의 동기가 얼마나 대단하든 내가 곧 죽게 될 거라는 사실이다.

03

 죽는다……. 난 겨우 열네 살이다. 나는 죽음에 대해 어떻게 생각할까? 내가 어떻게 생각하는지 나도 잘 모르겠지만 죽음에 대한 느낌만은 확실하게 말할 수 있는데, 그건 죽음의 눈을 응시한 기억이 너무나 끔찍했기 때문이다.

 지난 해 겨울, 크리스마스가 갓 지난 1월 초 어느 날 아침, 엄마는 우리를 학교까지 태워다 주었다. 미식축구와 농구, 야구까지 자그마치 세 종목의 학교 대표선수인 형은 여느 때처럼 웨이트 트레이닝을 하러 일찌감치 나갔기 때문에 차 안에는 엄마와 누나, 그리고 나뿐이었다. 우리 집 차는 휠체어 적재기가 달린 암홍색 미니밴이다. 우선 휠체어에 안전벨트를 하고 난 다음 커다란 볼트로 차례차례 하나씩 죄어서 제자리에 고정시킨다. 누나는 앞자리 조수석에 앉아 있었다.

이슬비에 젖은 도로가 반짝였다. 차창에는 김이 자욱하고 빗방울이 방울방울 맺혔다. 나는 휙휙 앞 유리를 훔치는 와이퍼 너머로 정면을 바라보고 있었다. 앞차는 우리 차보다 더 오래된 차였는데, 볼품없고 지저분한 갈색 고물차였다.

느닷없이 오른쪽에서 개가 한 마리 도로로 달려들더니 앞차가 진행하는 방향으로 돌진해 왔다. 몸이 뒤틀리며 앞차 밑바닥으로 끌려 들어간 개는 허리가 꺾이며 몸이 완전히 뒤집혀 버린 듯싶었다.

그리고 다음 순간, 끔찍하게도 앞차의 왼쪽 뒤 타이어가 부러진 개의 몸뚱이를 뱉어 냈다. 개는 데굴데굴 굴러 도로가에서 서너 번 뒹굴더니 몸을 추슬러 보려고 기를 썼다. 도로가로 두어 걸음 힘들게 걸음을 옮겨 보았지만 결국엔 풀썩 주저앉고 말았다.

엄마가 다급하게 브레이크를 밟으며 길가로 핸들을 틀다 푸석푸석한 자갈길 위로 미끄러지면서 다시 한 번 그 개를 덮칠 뻔했다. 그때 누나가 비명을 지르며 울음을 터뜨렸다.

누나는 차가 멈추기도 전에 문을 박차고 나가 개에게 달려갔다.

엄마가 소리를 질렀다.

"신디! 신디!"

하지만 엄마가 차문을 열기도 전에 누나는 벌써 개 옆에 쭈그리고 앉아 개의 머리를 무릎 위에 가만히 누이고 있었다.

엄마가 차 밖으로 나갔다. 내 눈은 김이 자욱한 옆 창문으로 향해 있어 주변의 상황을 부분적으로만 볼 수 있었다. 비에 젖어 진흙투성이가 된 누나가 길가에 주저앉아 있는 모습이 보였다. 개의 얼굴을 어루만지던 누나가 입술을 달싹이더니 개의 귀에 대고 무어라 속삭였다. 창을 타고 흘러내리는 빗물이 마치 누나의 볼을 타고 흐르는 눈물처럼 보였다.

그러고는 삼사 초쯤 지났을까, 개가 몸을 꿈틀거렸다. 콧구멍과 입에서는 피가 콸콸 쏟아져 나왔다. 누나는 쏟아지는 피에도 아랑곳하지 않고 개를 안고서 개의 한쪽 얼굴을 가만가만 쓰다듬어 주었다.

갑자기 내 시야 바로 정면에서 굵은 빗물이 창문으로 주르륵 흘러내렸고, 내 눈이 바라보고 있던 창유리가 말끔하게 닦였다. 그 순간, 개의 갈색 눈동자가 정면으로 눈에 들어왔다. 두 눈이 피로 얼룩져 있었다. 그리고 바로 그때, 개의 꿈틀거림이 뚝 그쳤다. 몸이 푹 꺼지고, 동시에 겁에 질리고 아파하며 고통받던 무언가가 무(無)로 바뀌었다. 개는 죽었다. 생명이 녀석의 몸을 빠져나가는 그 순간, 개의 두 눈은 내 눈에 고착되어 버린 듯싶었다. 나는 개가 아닌, 나를 마주 바라보고 있는 죽음을 응시하고 있었다.

누나도 죽음을 직감했고, 정확히 그 순간, 피 묻은 검은 털을 쓰다듬던 누나의 손이 주춤하면서 달싹이던 누나의 입술의 움직임도 멈췄다. 누나는 개의 몸뚱이에서 죽음이 빠져나갈 수 있도록 축 처진 개의 머리를 축축이 젖은 자갈밭 위에 조심스레 내려놓았다.

더 이상 해 줄 수 있는 일이 없었다.

누나와 엄마는 자동차로 돌아왔다. 우리는 방향을 바꿔 차를 몰아 다시 집으로 향했다. 누나는 비에 흠뻑 젖은데다 피와 진흙으로 더러워진 하얀색 '펄잼'* 티셔츠 차림으로 꼼짝 않고 자리에 앉아 있었다.

엄마가 말했다.

"이런 걸 보게 하다니, 미안하구나, 우리 딸."

누나가 대답했다.

"아니에요."

엄마가 다시 입을 뗐다.

"엄마 말은……."

누나가 엄마 말을 잘랐다.

"아니, 괜찮아요."

착 가라앉은 무덤덤한 목소리였다.

"생각했던 대로야."

"뭐라고?"

"죽음 말이에요, 생명과 참 가까운 거네. 소설 『바라바』** 에서 나사로가 바라바에게 말한 죽음, 그것과 똑같아. 정말 그대로야."

엄마가 말했다.

"사람들은 사후에도……."

누나가 다시 엄마의 말을 끊었다.

"아니. 나사로가 말한 대로예요. 죽음은 무(無)예요. 그냥 커다랗고 텅 빈 무(無)."

누나는 다시 울음을 터뜨렸다. 엄마도 울었다. 우리는 침묵 속에 차를 타고 집으로 돌아왔다.

나는 아무것도 존재하지 않는 것, 그리고 공허함에 대해

---

* Pearl Jam. 미국 출신의 록 밴드
** 『Barabbas』, 1951년 노벨문학상을 받은 스웨덴 작가 페르 라게르크비스트의 대표작

생각했다. 내 몸은 침착하게 숨을 쉬었고, 심장은 천천히 고동쳤다. 다리와 배, 그리고 가슴을 가로지르는 가죽 벨트가 느껴졌다. 빗소리와 젖은 포장도로 위를 달리는 타이어 소리, 목구멍과 코로 느껴지던 축축한 공기의 느낌, 공허와 무(無)의 느낌을 아직도 기억한다.

    문제는, 지금껏 내 삶이 머릿속에서만 존재해 왔다는 사실이다. 생각해 보면, 나는 진정한 육신을 가진 적이 없다. 내 상태 때문에 나는 종종 여러 가지로 혼란을 겪는다. 무엇을 듣는다거나 무엇에 대해 듣는다는 것은 그것들을 실제로 경험하는 것과는 차원이 다르다. 걷고 말하고 한숨짓는다는 게 어떤 느낌이겠거니 머릿속으로 상상해 볼 수는 있지만 진정한 느낌은 알지 못한다. 텔레비전에서 수천 명도 넘게 죽는 사람들을 보았기 때문에 당연히 죽음도 이해한다고 생각했다. 하지만 개가 생명을 잃는 모습을 지켜보면서, 죽음이 개의 생명을 앗아가는 모습을 바라보면서 배 속에서는 힘이 빠지고, 살이 얼얼해지며, 심장은 가슴에서 더욱 세차게 쿵쿵 뛰었다. 토할 것만 같았다.

    죽음. 그 어느 때보다 내게 가까이 다가와 있다. 이제 내가 느끼는 죽음의 모습은, 누나가 말한 그대로, 무(無), 빌어먹을 무(無)였다. 사람이 죽으면 그 사람은, 그의 삶은 그냥 사라져 버리는 것처럼 느껴졌다. 피로 얼룩진 눈으로 죽음이 나를 응시한 그날, 죽음은 나를 공포에 떨게 만들었다.

 물론 그때는 아빠의 계획을 알지 못했다. 지금 내가 알고 있는 사실을 그때는 알지 못했다. 죽음에 대해 생각하면 지금도 똑같이 마음이 울렁거린다.

04

 아빠에 대해, 아빠가 왜 나를 죽이려 한다고 생각하는지에 대해 설명해야만 할 것 같다. 아빠가 직접적으로 속내를 드러낸 건 아니다. 직감이랄까. 거기에 지난 주 아빠가 집에 들렀을 때 우연히 일어난 일 때문에 알게 되었다.
 화창하고 따뜻한 날이었다. 엄마는 집 뒤편으로 길게 이어진 테라스로 나를 데려다 주었다. 산들바람이 코와 귀를 간질였던 걸로 기억한다. 웬만해선 집에 들르지 않던 아빠가 찾아왔고, 거실을 지나 엄마와 내가 있는 밖으로 나왔다. 두 분은 가볍게 포옹을 했다. 잠시 아빠는 내게 아무 말도 하지 않았다. 그러다가 나에게 다가와 이마에 입을 맞추었다. 내 머리카락이 몇 가닥 들썩거렸고, 턱 밑으로 아빠의 투박하고 커다란 손바닥이 느껴졌다. 두 분이 대화를 나누던 중에 안에서 전화벨이 울렸다.

엄마가 유리문 안으로 사라지자 아빠와 나만 남았다. 10년 전 아빠가 떠난 뒤로 오직 우리 둘이, 아빠와 나 단둘이 함께 있은 적이 몇 번인지 정확히 기억한다. 여섯 번. 정확히 여섯 번. 이번이 여섯 번째다.

아빠는 어색한 침묵을 깨려는 듯 이야기를 시작했다. 아빠가 "녀석, 잘 지내지? 뭐 불편한 거는 없고? 아빠가 모르는 새로운 소식은 없니?" 하고 물었다. 아빠는 당신이 말해 놓고 껄껄 웃음을 터뜨렸다. 그런데 폭소도, 행복에 겨운 웃음도, 의미 있는 웃음도 아닌 단지 조용하고도 쓸쓸한 웃음이었다. 갑자기 아빠가 몸을 기울였고, 아빠의 얼굴이 내 앞으로 바싹 다가왔다. 내 눈에서 불과 몇 센티미터 떨어져 있지 않은 아빠의 갈색 눈동자는 나를 꿰뚫어 보려는 듯 내 눈을 똑바로 들여다보았다. 마치 내 머릿속까지 들여다보려는 듯했다. "이렇게 말해 봤자 너에겐 아무 소용이 없겠지, 그렇지, 손?" 하고 아빠가 가만히 물었다. 열네 해를 사는 동안 아빠가 내 앞에서 내 이름을 소리 내어 부른 게 전부 해서 열여섯 번이다.

그때, 커다랗고 시커먼 까마귀가 한 마리 바로 집 뒤의 골목길 아래쪽으로 이어진 전화선에 내려앉았다. 까마귀가 느닷없이 큰 소리로 까악 하고 울어 대는 바람에 아빠도 나도 깜짝 놀랐다. 까마귀는 반짝이는 눈으로 우리를 응시했고, 살찐 검은 몸이 어찌나 커다랗고 무겁던지 까마귀 무게를 이기지 못한 전화선이 밑으로 축 처질 정도였다. 까마귀는 다시 한 번 큰 소리로 까악 하며 울었고, 다시 두 번을 더 울어 댔다.

아빠는 까마귀를 쳐다보더니, 내 어깨 위에 손을 얹어 아주 세게 움켜잡았다.

"이 애한테 덤벼 보고 싶지?"

툭 부러진 나뭇가지처럼 메마른 목소리였다. 큰 소리를 내지는 않았지만 차갑고도 증오에 가득 찬 목소리였다.

"네 놈들은 새끼 눈도 파먹지, 어? 애 눈도 콱 쪼았으면 좋겠지, 안 그래?"

이렇듯 화가 난 아빠의 모습은 처음이었다.

까마귀는 아빠의 질문에 대답이라도 하듯 다시 한 번 까악 울었다. 아빠에게는 분명 까마귀 울음소리가 "그래, 맞아. 그래서 어쩔 건데?"라는 대답으로 들렸을 거다.

전화선에 앉아 아빠를 노려보고 있는 까마귀는 한 마리뿐이었지만 아빠는 이렇게 중얼거렸다.

"나쁜 새끼들."

낮은 목소리였지만 아까처럼 분노가 섞인 목소리로 아빠가 덧붙였다.

"무지개 까마귀* 좋아하네."

좀 전에 엄마는 유리잔에 아이스티를 마시던 중이었다. 엄마의 유리잔은 테라스 작은 탁자 위에 그대로 놓여 있었다. 아빠가 문득 녹아 가는 얼음 조각들과 적갈색 아이스티가 반쯤 채워진 유리잔을 바라보았다. 갑자기 아빠가 유리잔을 확 잡더니 격렬한 몸짓으로 까마귀를 향해 거칠게 던져 버렸다.

"나쁜 새끼."

아빠가 다시 한 번 욕을 내뱉었다. 동시에 얼음 조각들과 아이스티가 솟구쳐 올라 공중으로 원을 그리며 흩뿌려졌고, 유리잔은 대포에서 쏘아 올린 포탄처럼 까마귀를 향해 날아갔다.

던지는 힘이 얼마나 셌던지 아빠는 하마터면 균형을 잃고 쓰러질 뻔했다. 유리잔은 까마귀가 앉아 있던 자리에서 채 1미터도 안 되는 곳에 있는 전선에 맞아 산산조각이 나 버렸

---

*무지개 까마귀가 하늘의 정령에게 불의 선물을 받아 다른 동물들에게 가져다 주다가 털이 새까맣게 그을리고 목소리도 쉬고 말았다는 미국 인디언 전설

다. 유리 조각들이 길 아래로 쏟아져 내렸고, 까마귀는 잽싸게 날개를 펴고 비명에 가까운 울음소리를 내며 이웃 지붕들 너머로 사라졌다.

아빠는 까마귀가 날아가는 모습을 지켜보다 길에 떨어진 유리 조각으로 눈길을 돌렸고, 마음을 추스르려는 듯 숨을 깊이 들이쉬며 천천히 호흡을 가다듬었다.

아빠는 나를 향해 몸을 돌리더니, 분노가 가신 대신 슬픔에 차고 지친 목소리로 천천히 말했다.

"아빠가 없었으면 어쩔 뻔했어?"

아빠의 말에는 두려움이 배어 있었다.

"엄마는 일이 분이면 되겠지 싶어 전화를 받으러 달려갔는데, 엄마가 없는 사이에 저 놈의 악마가 네 눈을 파먹기라도 하면 어쩔 뻔했어?"

아빠는 깊이 숨을 들이쉬며 잠시 말을 멈추었다.

"넌 네 몸 하나도 전혀 보호하지 못해! 네 엄마나 내가 어떻게 너를 평생 보호해 주겠니? 이런, 숀, 누가 널 지켜 줄까? 어떻게 해야 너를 지켜 줄 수 있을까? 너는 이렇게 무기력한데."

아빠는 몸을 돌리더니 이렇게 말했다.

"희망이 없어."

그러더니 들릴락 말락 하는 목소리로 이렇게 덧붙였다.

"어쩌면 아빠가 네 고통을 끝내 주는 게 현명한 일일까?"

우리는 말없이 앉아 있었고, 나는 아빠가 한 말의 의미를 곰곰이 생각했다. 아빠가 무슨 뜻으로 그런 말을 했는지 전혀 몰랐지만 이상한 기분과 함께 마음이 불안해져서 마음속으로 그 말을 되새기고 또 되새겨 보았다.

마침내 엄마가 통화를 끝내고 테라스로 돌아왔다.

엄마가 아빠에게 말했다.

"폴 전화예요."

그러다 아빠를 보더니 물었다.

"당신, 괜찮아요?"

아빠가 조용히 대답했다.

"아니. 괜찮지가 않아. 아니, 하나도 괜찮지가 않다고."

엄마와 아빠는 이야기를 계속했다. 엄마는 아이스티에 대해서는 한 마디도 묻지 않았다. 아빠 역시 까마귀 사건은 입 밖에도 꺼내지 않았다.

하지만 두 분의 대화를 들으며 아빠가 나를 마음 깊이 사랑하고 있다는 걸 깨달았다. 아빠를 지치게 만드는 건 오로지 내 상태, 그리고 내 발작 때문이다.

  나한테 '대발작'이라는 증상이 있다는 이야기를 했었나? 하루에도 대여섯 번, 많게는 열 번이 넘는 발작이 시도 때도 없이 찾아온다고. 태어날 때부터 그랬다. 아빠가 말한 내 고통을 끝낸다는 건 내 발작을 뜻하는 게 분명하다. 어렸을 때는 발작이 너무나 고통스러웠다. 두개골 안쪽을 붙잡고 쥐어짜는 듯한 엄청난 발작. 뇌가 뒤틀리다 못해 위아래로 요동을 치고 거꾸로 뒤집히는 듯한 느낌이다. 세탁기가 갑자기 중심을 잃고 들썩거리며 내는 쾅쾅쾅 소리나 전기톱에서 사슬이 툭 끊어져 톱니에 걸렸을 때 나는 드르륵 소리라든지, 아니면 고양이 같은 동물이 고통에 겨워 내뱉는 소리를 들어본 적이 있는가? 바로 그런 것들이 내가 어렸을 때 경험한 발작의 느낌이다. 처음 발작을 시작했을 때는 내가 무슨 고장 난 기계나 내장을 쏟아 내는 짐승이라도 된 듯 참담한 기분이었다. 어렸을 때는 발작이 그야말로 끔찍함 그 자체였다.

  아빠가 아직 내 곁에 있던 때는 내가 어리고 발작이 정말 심할 때였다. 아빠는 내가 발작하는 모습을 지켜볼 때가 많았고, 내가 경련을 일으키며 몸을 비틀고 사방으로 몸을 움찔거리며 비명을 질러 대는 내내 내 몸을 꽉 붙들어 주었다. 네 살 무렵이었나. 아마 아빠가 우리 가족을 떠나기 한 달 전쯤이었을 거다. 발작이 끝나고 정신을 차려 보니 아빠의 얼굴이 눈에 들어왔다. 나를 꽉 붙잡고 있는 아빠의 두 눈이 너무나 슬퍼 보였다. 아빠는 내가 고통스러워하는 모습을 참지 못했다. 도저히 견딜 수가 없었던 거다. 그건 지금도 마찬가지다. 하지만 내 생각엔 점점 더 심해지는 듯싶다. 꼭 그 유리잔처럼 아빠도 터져 버릴 것만 같다. 지난 주 까마귀 사건 때 아빠의 그런 모습을 난생처음 보았다. 내가 본 아빠의 모습은 세상이 바라본 아빠의 모습과 너무나 다른, 아빠와 어울리지 않는 모습이었다.

어떤 면에선, 아빠의 진짜 모습은 온갖 텔레비전 토크쇼에 나와 보여 주는 모습과는 전혀 다르다. 그렇지만 한편으로는 정확히 텔레비전 속 그 모습 그대로, 성실하고 영리하며 인정 많은 면이 있기도 하다. 사실을 말하면, 아빠는 완전 바보이자 멋진 남자라는 거다. 아빠는 추하면서도 잘생겼고, 매력적이면서도 냉정하고, 유머가 넘치면서도 분노로 가득하다. 우리 아빠는 완전히 평범한 사람인 동시에 대부분의 인간들보다는 조금 더 영리한 사람이다. 어느 모델에도 적용이

가능한 무수히 많은 최고와 최악의 장비를 갖춘 사람이다.

우리 아빠는 '시드니 E. 맥다니엘'이다. 귀에 익은 익숙한 이름일 테지만, 혹시 낯선 이름이라면 당신은 분명 하루라도 빠지면 섭섭한 텔레비전의 허풍수다에 무관심한 사람이다. 토크쇼 말이다. 시드니 E. 맥다니엘, 퓰리처상[*], 이제 감이 오겠지? 그래, 그 시드니 E. 맥다니엘이다. 아빠와 나에 대한 시를 써서 퓰리처상을 받은 바로 그 사람.

---

[*] Pulitzer Prize. 미국의 언론인 퓰리처의 유산으로 제정된 언론·문학상. 1917년에 시작하여 매년 언론과 문학계에 업적이 우수한 사람을 선정하여 19개 부문에 걸쳐 시상한다.

05

린디에게 찾아온 때 이른 진통,
자궁은 조수가 되어 높아만 가는 파고 속에,
돌아선 태아, 울음을 터뜨린다.
작디작은 동물, 크나큰 울음소리.
엄마를 부르네. 엄마를 부르네……
꿈을 꾼다, 아기와 만나는 꿈,
우리를 향해 다가오는 사내아기……
조그마한 한 마리 새, 내 마음속으로 날아들더니
울음과 더불어 순수한 영혼으로, 순수한 즐거움으로,
손, 아기는 이제 손이 되고,
내 마음속의 새 또한 자유로이 날갯짓하며,
날아가네, 날아가네, 내 마음속으로.

나는 아빠의 시 첫 구절이 참 좋다. 이런 게 바로 사랑이 아닐까? 자신이 태어나는 순간의 목격자가 되는 즐거움을 누가 마다할까? 시어의 울림이 마음에 든다. 무엇보다 가장 좋은 건 내가 세상에 태어나던 순간 행복과 흥분으로 가득한, 감사와 희망에 넘쳐 나던 아빠의 마음이다. 물론 이건 시의 시작일 뿐이다. 머지않아 모든 게 바뀐다.

결국 아빠가 시를 통해 말하고자 하는 건, 발작이 찾아오면 내가 겪을 거라 아빠가 믿어 의심치 않는 그 고통을, 내 상태를 아빠로선 도저히 견뎌 낼 수 없었다는 사실이다. 그것이 아마도 아빠가 나를 죽여도 괜찮다고, 심지어는 불가피하다고 생각하는 여러 가지 이유 가운데 하나다. 아빠가 생각하는 또 다른 이유는 내가 식물인간이기 때문이다.

세상에, 나는 언제나 '식물'을 좋아했다. 다들 한 번쯤은 그런 말을 해본 적이 있을 거다. 아무개가 식물인간이래. 처음 두세 번은 사람들이 도대체 무슨 말을 하는지 영문을 몰랐다. 인간이 식물로 바뀌나? 꼭 공포영화처럼 들렸다. 그렇다면 정확히 어떤 종류의 식물이 된다는 거지? 머리카락이 빨갛다면 당근으로 바뀌나? 공화당을 지지하는 심술궂은 여자는 순무가 된다는 얘긴가? 동성애자는 분홍색 자몽이 되나?

그럼 대체 어떤 사람들이 아보카도가 될까? 애호박은?

아빠의 눈에 내가 식물이라면, 식물인간이라면, 나는 절대로 삶을 즐기거나 생산적인 존재가 될 수 없다. 절대로 퓰리처상을 탈 수도, 토크쇼에 출연할 수도, 교황을 만날 수도, 백악관에서 만찬을 즐길 수도 없다. 나만의 인생 이야기를 주제로 세 쪽에 걸쳐 〈피플〉지에 등장할 일은 더더욱 없다. 아카데미 시상식에 참석하거나, 클린트 이스트우드와 함께 밥을 먹거나, 비극적인 상황이 낳은 루마니아의 고아들을 다룬 다큐멘터리의 원고를 쓰고 해설을 하도록 채용된다는 건 꿈도 꿀 수 없는 일이다. 시드니 E. 맥다니엘 씨가 맡았던 일은 단 하나도 해내지 못할 거라는 얘기다. 아빠처럼 살지 못할 바에야 나라는 존재가 무슨 의미가 있겠는가?

이렇게 말하면 아빠가 오로지 이기적인 이유만으로 나를 죽이려 한다고 생각하기 십상이다. 하지만 나는 그렇게 믿지 않는다. 아빠는 나를 고통에서 벗어나게 해 주려는 거다. 아빠는 내가 꼼짝없이 고통 속에 갇혀 있다는 사실이 두려운 거다. 아빠는 나를 사랑하기 때문에 나를 죽이려고 한다.

아빠는 당신이 거둔 성공을 즐기고는 있지만 아무리 성공을 거둔들 당신이 내 아빠라는 사실을 잊을래야 잊을 수가 없고, 그렇기 때문에 나에 대해 책임감을 느끼는 거다. 이야기 시 〈손〉은 아빠가 나를 극복하는 데 도움이 되기는커녕 오히려 정반대의 효과를 가져왔다. 생각해 보라. 아빠가 거둔 명성으로 인해 아빠는 피해자 중의 피해자가 된데다 나에 대한 아빠의 고통이야말로 아빠가 지닌 뛰어난 이력의 밑바탕이 되어 버린 셈이니…….

아빠가 그 시를 낭독하는 걸 들어 보면 내 말이 이해가 될 거다.

2년 전에 나는 켄델 부부의 저택에서 열린 시독회에 참석한 적이 있다. 그 저택은 시애틀에 전차가 다니던 시절에 일종의 발전소로 사용하던 곳이다. 몇 년 전 시로부터 그곳을 사들인 켄델 부부는 2천 달러를 쏟아 부은 결과, 기대하시라! 높이 20미터에 400평에 이르는 엄청난 공간을 지닌 대저택으로 탈바꿈시켰다. 시애틀 예술 무대의 오랜 후원자이자 아빠 책의 출판업자와 친구 사이인 메리 켄델 부인이 자신의 집을 아빠의 시독회 장소로 제공하게 되었다는 사연을 엄마가 누나와 형에게 말하는 걸 들었다.

엄마는 가고 싶지 않은 마음이 굴뚝같아 보였지만 가야 한다고 생각했나 보다. 이미 주초에 아빠가 주방에서 읽어 주었기 때문에 엄마는 그 시에 대해 잘 알고 있었다. 나는 주방에서 멀리 떨어진 내 방에 있었던 터라 제대로 듣지 못했는데, 나중에는 흐느끼는 소리가 들려왔다. 아빠가 공식적으로는 처음 낭독하는 자리이기 때문에 엄마도 가야 할 의무가 있다고 생각한 것 같다. 그날 밤 엄마는 세련되고 예쁜 검은 드레스를 입고 진주목걸이를 둘렀다. 엄마는 눈부시게 아름다웠다. 하지만 안타깝게도 나에게는 칙칙한 바지에다 운동화(나는 걷지도 못한다.)를 신기고, 하얀 셔츠 위에 파란 정장을 입히고는 우스꽝스럽기 그지없는 빨간색 나비넥타이까지 매 주었다. 내가 못 살아! 멍청한 꼭두각시 인형이 따로 없잖아.

아빠가 낭독을 시작했을 때, 내가 앉은 휠체어는 시애틀에서 제일가는 예술애호가라고 자처하는 2백 명의 청중들의 눈길이 닿지 않는 주방에 세워져 있었다.

아빠가 낭독을 끝내자 우레와 같은 박수 소리가 방 안을 가득 채웠다. 낭독하는 내내 훌쩍훌쩍 코를 푸는 소리가 들려오긴 했지만 마지막의 박수 소리는 깜짝 놀랄 정도로 어마어마하고 커다랗게 느껴졌다. 나는 휠체어에 앉은 채 몸을 비틀었는데, (뇌간 반사로) 느닷없이 휙 꺾이는 바람에 낭독에 앞서 전채 요리와 와인을 서빙하던 웨이터가 내 옆에 앉아 있다가 몸을 움찔했다. 웨이터가 나를 힐끗 쳐다보았는데, 마침 내 눈도 그의 얼굴로 향했다. 까무잡잡한 피부에 검은 눈동자를 지닌 잘생기고 친절할 것 같은 얼굴이었다. 내가 시 속의 그 아이라는 사실을 알고 있는지 안타까운 눈길로 나를 바라보았다.

그 순간, 내가 저 웨이터일 수만 있다면, 아무도 알아보는 이 없이 평화로우며 스스로의 삶을 책임지는 저 사람이 나라면 얼마나 좋을까 바랐던 기억이 난다. 하지만 박수갈채가 잦아들자마자 눈시울은 물론 코까지 온통 빨개진 엄마가 내게 다가왔다. 엄마는 휠체어 뒤로 가서 나를 밀고 거실로 나갔다. 다시 박수갈채가 터져 나왔다. 그러더니 처음 보는 사람들이 모두 다 내게 다가와 내 어깨며 머리와 등을 토닥거렸다. 침으로 범벅이 되고, 빨간색 나비넥타이를 맨 얼간이 같은 나를 보며 웃음 지었다.

나는 그 모든 광경이 괴롭기만 했다. 내가 아닌 다른 무언가로 축하를 받는다는 것, 충분히 이해하고 있다고 믿는 사람들로부터 완벽하게 오해를 받고 있다는 사실이 끔찍할 따름이었다. 그날 저녁 나에게 다가온 사람들 때문에, 물론 잘해 주려는 의도인 줄은 알지만 짜증스럽기 그지없었다. 딱 하나, 깊게 파인 빨간 드레스를 입은 왕가슴 여자는 마음에 쏙 들었다. 가슴이 떨어질 듯 몸을 숙이며 두 손으로는 내 얼굴을 쓰다듬었고, 달콤한 목소리로 말을 건넸다. 마침 내 눈도 협조를 했던 터라 제발 가지 마라 하는 마음이 간절했지만 그녀는 이내 자리에서 일어나더니 다른 데로 가 버렸다. 나를 둘러싼 대부분의 이방인들은 마치 내가 거기에 없는 양 나에 대해 떠들어 댔고, 사실상 그들에게 나라는 존재는 없었다. 그들이 이야기하는 나, 시 속의 숀은 진짜 내가 아니며, 심지어는 우리 가족이 알고 있는 나도 아니다. 시 속의 그 아이는 단지 아빠의 상상력이 만들어 낸 숀이라는 이름의 귀엽고 조그마한 빨간 머리의 저능아일 뿐이다. 시 속의 숀, 아빠가 만들어 낸 나는 전혀 근거 없는 상상 속의 숀이자, 아빠가 지닌 최악의 두려움을 표현한 2차원적인 존재다. 방을 가득 메운 이방인들에게 진짜 내 모습이 아닌, 전혀 내가 아닌 모습으로 알려진다는 사실, 정말 최악이다.

'세계 최초의 시독회'에서 있었던 온갖 짜증스런 일들에도 불구하고 난 아빠의 시가 좋았고, 지금도 좋다. 난 그 시가 우리 가족에게 닥친 문제들에 대한 솔직한 기록이라고 생각한다. 인정하기는 싫지만 어릴 적 나에 대한 아빠의 묘사는 맘에 든다. 뇌성마비 장애인치고는 썩 귀엽고 사랑스럽게 들리지 않나? 게다가 오래 전부터 가망 없는 바람일 뿐이었지만, 엄마 아빠가 함께 있으니 참 보기가 좋다. 그밖에도 그 시에는 마음에 드는 점이 많다. 사람들이 나를 빤히 쳐다보는 건 싫지만 솔직히 말하면 모두가 내 이름을 불러 주니 참 좋다. 나 역시 유명세를 즐기고 있나 보다.

아빠가 퓰리처상을 받은 다음부터는 텔레비전을 켜면 책 표지에 실린 내 사진이 나와서 기분이 좋다. 수상자 발표와 동시에 18개월 동안 아빠가 출연한 프로그램이 텔레비전 토크쇼와 뉴스, 그리고 다른 프로그램까지 다 합쳐 스물세 개나 된다. 기억력만 놓고 따지면 세상에서 제일 영리한 아이들 중 하나인 내가 우리나라에서 제일 유명한 저능아가 되다니 참으로 불가사의한 일이다.

〈손〉을 쓴 다음부터 아빠는 굉장히 유명해졌다. 하지만 그 시는 아빠를 그저 전문가로 만들어 주었을 뿐이다. 무슨 전문가냐고? 희생자 전문가. 투덜이 전문가. 지쳐 버린 포기 아빠 전문가. 아빠는 내가 발작하는 모습을 보는 게 힘들다며 우리 가족을 떠났다. 그것만 봐도 뻔하지! 내가 발작을 좋아한다는 말을 했던가? 그 발작이 나를 현실보다 훨씬 더 나은 곳으로 이어 주는 통로가 된다는 말을 했던가? 내가 발작을 진심으로 좋아한다는 말을 했던가? 퓰리처상을 받았다고 해서 세상 모든 걸 다 안다는 얘기는 아니다.

06

시간이 흘러 일주일,
그렇게 다시 이 주일,
린디의 어머니가 쏜을 안는다.
쏜의 눈동자에 어른거리는 움직임을 보며……
나는 쏜을 내 팔에 받아들고,
가만히 얼굴을 바라본다.
두 눈에는 떨림이,
알 수 없는 타닥임.
쏜을 꼭 부둥켜안는데……
앞으로 존재할 모든 것이,
앞으로 되어갈 모든 것이,
서서히 그 모습을 드러내나니.

발작하는 모습만 놓고 보면, 내가 고통스러워한다는 확신을 갖는 게 당연하다. 내 몸의 일부는 아마 그럴지도 모른다. 하지만 내가 엄마와 누나, 형과 아빠를 엄청 사랑하긴 하지만, 만에 하나라도 발작과 우리 식구들을 맞바꿔야만 한다면 난 두 말 않고 식구들을 내어 줄 것이다. 기가 막히는 말이겠지만 발작과 함께 찾아오는 경이로움이 없는 내 삶이란 생각조차 하기 싫다.

발작이 언제 일어날지는 몰라도 일단 발작이 찾아오면 마치 기적 같은 일이 일어난다. 시작은 미세한 충격처럼 찾아온다. 내 머릿속, 바로 눈 뒤에서 작은 타닥거림으로 시작된다. 그러다 어느 찰나, 색깔의 소용돌이가 내 시야를 가로막는다. 처음에는 빨간색, 다음에는 연한 파란색이었다가 차츰 진한 파란색으로 바뀌다 마침내는 짙은 파란색 선글라스 너머로 세상을 바라보는 듯한 상태가 된다. 내가 보는 영상은 내 머릿속에서 나온다. 마치 내 눈동자가 방향을 거꾸로 돌려 뇌 속을 들여다보는 것처럼 내가 꿈꿔 왔거나 경험했거나 아니면 상상했던 것들이 눈앞에 펼쳐진다.

발작 통제를 위해 먹는 약 덕분에 근육의 수축이 완화되면서 발작은 뇌로 국한된다. 정말 대단한 결과다. 왜냐하면 원래는 발작 때마다 제일 고통스러웠던 게 근육 경련이었기 때문이다. 꼭 내 몸이 조각조각 갈라져 버리는 듯했다. 하지만 이제는 발작이 일어나도 약이 근육을 이완시켜 몸이 손상되지 않도록 보호해 준다. 잘못하면 발작 때문에 척추를 포함해서 뼈가 부러질 수도 있다고 들었는데, 대체 지금 내 상태에서 아직도 무엇이 부족한가? 등뼈가 부러져 온몸이 마비되어야 성이 찰라나?

  발작이 진행되면 처음에는 미소를 짓다가 나중에는 웃음이 터진다. 주치의 선생님이 엄마한테 설명하기로는 웃음이 됐든 뭐가 됐든 이러한 내 반응은 '자율신경계의 제어 불가능한 조직 반사'일 뿐이다. 내가 웃음을 터뜨리는 이유가 전두엽을 따라 흐르는 전기충격파에 대한 반응일 뿐이라는 얘기다. 발작 중에 일어나는 내 미소와 웃음소리가 식구들에게는 당연히 신경에 거슬리고도 남으리라는 사실을 잘 알고 있다. 아빠 못지않게 내 발작을 못 견뎌하는 우리 형에게는 더 말할 나위도 없을 거다. 모르긴 해도 아무 이유 없이 옆에서 웃고 또 웃고 닥치는 대로 웃어 대니 얼마나 짜증스러울까? 내 의지와는 상관없는 일이지만 듣기 좋은 소리도 아니고 굉장히 괴로울 거다. 그렇지만 나에게 웃음은 언제나 즐거운 경험이다. 유쾌하고 재미있는 순간에 터져 나오는 낄낄거림이란 게 바로 이런 거구나 하는 기분이랄까. 발작을 하며 경험하는 웃음의 순간들이 나에게는 진정한 행복처럼 느껴진다. 나는 왜 그런 행복을 좀 즐기면 안 되나? 우리를 행복하게 하는 게 뇌 속의 전기충격 때문이든 텔레비전에 나오는 얼간이들이 하는 행동 때문이든 그게 무슨 상관인데? 웃기는 이유가 뭐 그리 중요해? 그럴싸한 이유 때문에 불행한 것보다 차라리 아무 이유 없이 행복한 게 낫지 않나? 하지만 분명한 건 이런 나의 전기충격성 행복이 우리 식구들에게는 그리 달갑지 않다는 사실이다. 당신이 웃을 때마다 다른 사람들이 죄다 슬픔이 가득한 얼굴을 하고 있다고 한번 상상해 보라.

미소와 웃음의 발작기를 넘어서면 방이 빙글빙글 돌기 시작하는데, 지나치게 빠르거나 어지러울 정도는 아니고 기억이 가능할 만큼 아주 천천히 돌기 때문에 발작이 들이닥치기 전과 같이 앞을 볼 수 있는 상태가 된다. 물론 빙글빙글 돌아가는 건 진짜 방이 아니라 내 머릿속의 방으로, 모든 것을 자세히 볼 수 있는 360도 시야가 확보된다. 그 다음에 발생하는 일은 사이비 정신세계 잡지 속 광고 문구에나 나올 법한 얼토당토않은 말이 아니면 도저히 설명할 수 없는 얘기다.

아주 간단하게 말하면, 내 머릿속의 방이 빙글빙글 돌면서 나를 둘러싼 모든 것을 하나하나 살피는 작업이 끝나고 나면 뭐랄까⋯⋯ 내 영혼이 육체를 떠난다. 아, 정말 이런 말하기 싫지만! 그런데 대체 영혼이라는 게 뭐지? 말을 해 놓고 보니 세상에 영혼이란 게 있고, 영혼이 육체를 들락날락한다는 사실을 내가 정말 인정하는 것 같잖아. 솔직히 내가 그런 이야기를 진짜로 믿는지조차 잘 모르겠다. 하지만 발작과 함께 나에게 생기는 일만은 분명히 알고 있다. 빙글빙글 돌아가던 방이 제자리를 찾으면 푸르스름한 안개가 걷히고 여러 가지 색깔들이 수정처럼 뚜렷하고 투명해진다. 그러다 서서히 웃음이 진정되고 호흡도 안정되면서 나의 일부가 육체를 빠져나온다. 나는 바라본다. 다시 말하면, 영혼이 어딘가 몸 밖에서 의식이 없는 육체를 바라보고 있는 듯하다. 실제 경험이 아니라면 절대로 믿지 못할 일이다.

 영혼이 처음으로 육체를 벗어났던 게 열 살 때였다. 아마도 의사들이 나에게 발작 약을 처방해 준 바로 그때였던 듯싶다. 처음 그 일을 겪었을 때는 끔찍하리만치 무섭고 두려웠다. 드디어 죽는구나 싶었고, 내 영혼이 다시는 육체로 돌아가지 못하는 줄 알았다. 그때는 몸에서 멀리 떨어져 다닐 엄두도 내지 못했다. 하지만 발작이 끝나는 순간, 난 도로 내 안에 있다는 걸 깨달았다. 내 짧은 여행에는 시간제한이 존재했다.

아직까지 단 한 번도 내 마음대로 발작을 시작하거나 끝내지는 못한다. 하지만 이따금 정말 단단히 집중을 하면 아주 잠깐이나마 발작을 지체시키는 일은 가능하다. 하지만 보통 발작은 내가 뭘 하고 있든 전혀 관심 밖이라 자기네들이 내킬 때 찾아와서는 다짜고짜 문을 쾅 열어젖히고 머릿속으로 치고 들어와 자리를 잡고는 마치 제 집인 양 거리낌이 없다.

발작을 제외하면 당연히 내 삶은 전적으로 의존 상태다. 그러기 때문에 일단 몸 밖으로 은근슬쩍 벗어나는 게 가능해지자, 나에게 발작은 너무나도 소중한 시간이 되었다. 나는 움직이는 느낌, 하늘을 나는 순수한 기쁨을 사랑한다. 내 망가지고 쓸모없는 육신으로부터 탈출하는 느낌을 사랑한다. 그 동안 머릿속으로만 상상해 온 보통 사람들이 즐기는 삶, 아니 그 이상의 느낌을 나에게 선사해 주기 때문에 나는 발작을 사랑한다. 나에게 발작은 자유다.

영혼이 몸에서 빠져나오면, 비록 육체는 없지만 나는 내 몸짓을 마음대로 조종한다. 다른 사람들의 모습을 보며 상상

해왔던 모든 것을 나도 해본다. 높이 솟구치고, 걷고, 달리고, 콩콩 뛰고, 앉고, 눕고, 구르고, 뱀처럼 꿈틀대고, 물고기처럼 헤엄치고, 키 큰 건물 위로 단숨에 뛰어오르고, 보도블록의 갈라진 틈이나 벽 사이로 미끄러지듯 나아가고, 구름 위를 슝 하고 날아가고, 빙글빙글 돌고, 존 트라볼타*처럼 춤추고, 커트 코베인**처럼 노래하며 세상을 똑바로 바라본다.

　나는 발작을 할 때면 다른 현실로 들어간다. 원하는 건 뭐든 할 수 있을 듯하다. 잠든 누나의 손을 만지작거리며 누나 덕분에 읽기를 배웠다고 고마워하던 기억이 난다. 바닷가에 앉아 발가락으로 모래를 파내며, 물줄기를 뿜다 다시 물속으로 첨벙 뛰어드는 고래들의 모습을 지켜보던 기억이 난다. 아빠의 귀에 대고 나는 괜찮다며 소리치던 기억이 난다. 엄마 뺨에 입을 맞추고 힘껏 안아 준 기억이 난다. 스튜디오에서 사진을 찍을 때 못생긴 사람도 예쁘게 나오라고 사진사들이 일부러 흐릿하게 코팅을 덧입히듯이 이 모든 기억이 아련하게만 느껴진다.

---

*John Travolta(1954~), 미국의 영화배우
**Kurt Cobain(1967~1994), 미국 시애틀을 근거로 한 록 밴드 '너바나Nirvana'의 보컬이자 기타리스트

이 기억들은 실제일까, 상상일까? 나도 잘 모르겠다. 우리가 꾸는 꿈은 실제일까, 상상일까? 꿈을 상상하는 사람은 없잖아, 안 그래? 발작을 할 때 뭐가 현실이고 뭐가 상상인지는 잘 모르겠지만, 솔직히 말하면 그런 건 상관없다.

오로지 발작이 내 삶의 멋진 일부이자 내가 사랑하는 부분이라는 것만이 중요할 뿐. 발작 여행은 지금 휠체어에 앉아 있는 것만큼이나 내게는 현실이자 현실과 다름없이 완벽한 기억을 자랑하는데, 두 달 전에는 형과 친구가 윙윙거리는 난롯가에서 전화로 피자와 열두 병 들이 맥주를 사자는 이야기를 하는 걸 들은 기억도 난다. 내 발작들은 학교 수업만큼이나 생생할 뿐더러 오히려 정신은 더 또렷하다. 내가 학교에 다닌다는 이야기를 했었나? 그럼, 당근이지! 아빠가 나를 죽이려는 생각을 품고 있을지도 모른다는 사실을 다시 한 번 받아들여야 했던 곳도 바로 어제 학교에서였다.

07

눈은 자리지 않네,
그 자리에 머물러 있을 뿐……
팔과 다리는
지나치게 익어버린 스파게티
죽은 새들의 뼈를 보태어 넣은……
두 눈 뒤켠에는 공허함만이
눈 위를 뒤덮은 안개처럼.

학교. 저능아 반. 빌어먹을, 난장판이 따로 없다. '쇼어라인 고등학교'의 중증 및 최중증 장애아 특수교육 프로그램은 놀랄 만한 작품이다. 학생은 일곱인데 담임선생님인 해어 선생님에다 베키 선생님과 윌리엄 선생님까지, 보조교사도 두 명이나 따로 있다. 윌리엄 선생님은 지독히 잔인한, 악질의 정신병자로 아무도 없을 때면 거대한 털북숭이 팔로 우리를 괴롭히며 끔찍한 짓을 서슴지 않는데……. 어때, 이 정도면 솔깃했나? 장난 좀 쳐 봤다, 하하하!

사실 윌리엄 선생님은 대단히 훌륭한 분이다. 쉰 살가량 되었는데, 힘이 천하장사에 덩치도 크다. 진짜 멋진 분이다. 한번은 내가 휠체어에서 떨어졌는데, 선생님이 실수로 내 팔을 부러뜨렸다. 딱딱한 타일 바닥으로 곤두박질치는 나를 붙든다고 꽉 잡았는데, 머리를 다칠까 봐 내 팔을 꽉 붙잡는다는 게 그만 잘못 꺾어 버렸던 모양이다. 당시 나는 한창 발작 중이었는데, 뼈가 부러지자 재빨리 몸으로 되돌아왔다. 당연히 엄청난 사건 보고가 이어졌고, 윌리엄 선생님은 무수한 질문에 답변해야 했지만, 선생님은 늘 그래왔듯 그 이후에도 나를 한 번도 달리 대하지 않았다. 윌리엄 선생님은 언제나처럼 멋진 모습 그대로였다. 선생님은 우리 저능아들을 겁내지 않는다.

베키 선생님도 좋은 분이다. 베키 선생님은 길고 부드러운 빨간 머리카락을 가졌다. 갓 스무 살쯤 되었는데, 몸매도 근사하고 끝내주게 멋진 분이다. 베키 선생님이 나를 돌봐 주면 기분이 정말 좋다. 특히 가슴이 깊게 파인 웃옷을 입고 와서 매일 두 시간 정도 나를 세워 놓는 특수 장치에 나를 태우고 내리려고 어쩔 수 없이 몸을 구부릴 때면 정말 기분 최고다. 베키 선생님의 가슴은 완벽 그 자체다. 둥글고 매끄러우며 커다랗다. 아, 내가 윌리엄 선생님이라면, 어떻게 하면 베키 선생님한테 점수를 딸 수 있을까, 하루 종일 그 궁리만 할 텐데. 제기랄, 어쩌랴. 윌리엄 선생님에게는 최소한 기회라도 있겠지만 나는 나일 뿐이다. 윌리엄 선생님은 베키 선생님과 똑같이 말을 하고, 주변을 어슬렁거릴 수도 있고, 미소를 지을 수도 있다. 베키 선생님에게 점수 따기 위한 필요조건을 모두 갖추고 있다는 얘기다. 윌리엄 선생님에게는 최소한 기회라도 존재한다는 사실을 말하는 거다. 그럼에도 불구하고 둘 사이에 그 어떤 섹시하거나 수상한 낌새가 오락가락하는 걸 한번도 본 적이 없다. 그러니 내가 어찌 윌리엄 선생님을 좋아하지 않을 수 있겠나.

  해어 선생님은 코 끝에 독서용 안경을 매달고 다니는 나이 많은 여선생님이다. 해어 선생님은 항상 바람 부는 날 막 산책을 마치고 돌아온 듯한 부스스한 모습이다. 인자한 분이고 인내심이 많으며 다소 지루하긴 해도 정말 친절하다. 윌리엄 선생님이나 베키 선생님만큼 좋지는 않지만 우리 반을 잘 이

끌어나간다. 세상에, 그게 어디야.

내 얘기만 들으면 모든 게 정상이고 멀쩡한 줄 알 거다. 해어 선생님과 윌리엄 선생님과 베키 선생님은 모두 훌륭한 선생님들이긴 하지만 동시에 정상과 멀쩡함이 끝나는 지점이기도 하다. 우리 교실은 흔히 생각하는 다른 교실들과는 완전 딴판이다. 소속은 쇼어라인 고등학교지만 사실 우리는 쇼어라인 고등학교와는 동떨어진 존재다.

무엇보다 우리 반 학생들은 하나같이 저능아라는 걸 기억하라.

우리는 끙끙거리고 침을 흘리며 바지에 똥도 싼다. 또 제 머리를 탁탁 때린다. 무턱 대고 바닥으로 곤두박질친다. 흙, 지우개 가루, 오래된 크레파스 덩어리에 분필까지 닥치는 대로 입으로 집어넣는다. 우리 중에 걸을 수 있는 애들은 벽으로, 문으로, 아니면 자기들끼리 쾅쾅 부딪혀 대고, 걷지 못하는 애들은 자리에 앉아 하루 종일 "아아아아아!" 소리를 지른다. 선생님들은 이걸 '발성'이라고 부른다. 그런데 대여섯 명이나 되는 10대 지적 장애아들이 동시에 "아아아아아!" 소리를 질러 대면 그 소음은 말로는 표현하기 힘들다.

우리 반에 들어올 자격을 얻으려면 자제심 결핍을 증명해야 하는데, 어려운 말로 하면 유탁액의 압박방출 통제 불가, 쉽게 말하면 너무 망가진 상태라 혼자 힘으로는 화장실을 사용하지 못한다는 말이다. 교실에서 풍기는 악취는 가히 살인적이라 할 만하다. 돼지우리에 소독약을 탄 격이라고 해야 하나.

우리 집단에서 숨겨진 천재는 내가 유일하다고 거의 확신한다. 거의. 솔직히 그건 아무도 모르는 일이니까. 이렇게 말해 놓고 보니 내가 다른 애들보다 한 수 위라는 얘기로 들릴지도 모르겠다. 이런 식으로 우리에 대해 이야기하는 게 어쩌면 너무 잔인하지 않나 싶을 거다. 뭐, 내가 다른 애들보다 낫다는 생각은 절대로 없다. 무슨 저능아 순위라는 게 있어서 내가 1등이고 내 아래로 온갖 멍청이들이 줄줄이 깔렸겠나. 나는 '저능아'라는 낱말을 내가 쓰는 다른 낱말들, 이를테면 돌고래, 경주마, 샌드위치, 보도나 사과와 똑같은 방식으로 사용한다. 돌고래가 경주마보다 나은가? 샌드위치가 보도보다 나은가? 사과가 뭐 다른 거보다 낫단 말인가? 낱말이란 단지 그 낱말 자체를 나타낼 뿐이다. 또한 사람들이 나타내고자 의도하는 것들을 상징할 뿐이다. 저능아는 정상적인 사람이 아니다. 우리한테 야구 모자를 씌우고 리복 운동

화를 신긴다고 해서, 수나사를 암나사에 연결하는 방법을 가르친다고 해서, 거스름돈 세는 방법을 가르친다고 해서, 아니면 비닐 포장된 돼지갈비살을 쌓아올리는 방법을 가르친다고 해서, 그 어떤 방법으로도 우리를 정상으로 되돌리지는 못한다. 보통 사람들의 가치와 습관, 취미와 특성 들을 그대로 따라하게끔 만든다고 해서 우리 저능아들이 정상인이 아니라는 사실이 바뀌는 건 아니다. 우리는 다르다! 내가 우리 반 친구들을 저능아라고 부르는 건 단지 사람들이 우리를 보며 그렇게 부르기 때문이다. 지체라는 말은 '느리다'라는 뜻이면서 동시에 단지 느린 부류의 사람들을 통칭하는 말이기도 한데, 모든 사람이 모든 일을 똑같은 방식과 똑같은 속도로 처리하기를 바라기 때문에 생겨난 말이다. 정상인들이 우리를 저능아라고 하니까 우리는 저능아가 되는 거다.

사실 나는 우리 반에서 가장 멍청한 아이로 간주되는 기묘한 아이러니를 은근히 즐기고 있다. 다른 애들은 대부분 조금이나마 말을 하고, 걷는 애들도 있다. 나만 빼고는 전부 다 아주 약간이라도 의사소통이 가능하다. 지미라는 애는 '아가'라는 말을 입에 달고 돌아다닌다. 서너 명은 과자를 달라고 할 줄도 안다. 앨런은 제 가랑이를 붙들고 다니면서 '꼬추'를 연발한다.

우리 반은 고문실이나 정신병자 우리 같다. 물론 일반 학교에서 쓰는 잡동사니들, 이를테면 대통령 사진이나 대형 알파벳 글자들이나 지도나 칠판이나 벽장이나 크리넥스 통 같은 쓸데없는 물건들도 한 자리씩 차지한다. 하지만 조금만 더 자세히 들여다보면 가죽 끈들이 줄줄이 매달려 있어 무슨 고문대처럼 보이는 기묘한 나무 장치와 부드러운 줄(우리가 제자리를 지키도록 하는 데 사용하는), 콩 주머니 의자들, 희한한 곳에 얼룩이 생긴 대형 소파와 교육적 목적으로 사용하는 다용도의 별난 물건들이 눈에 들어온다.

우리 학교. 빌어먹을, 자랑스러운 우리 학교. 싸우고 또 싸워라, 위대한 스파르타인들이여!* 싸우고 또 싸워라! 만세! 만세! 만세!

어제 아침, 아빠가 지역 PBS 방송국 7번 채널의 촬영기사와 함께 느닷없이 우리 반으로 들이닥치기 전까지는 기분이 꽤 괜찮은 편이었다.

아빠도 분명 베키 선생님과 이야기하는 편이 더 좋았겠지

---

*'쇼어라인 고등학교'는 미국에 실제로 존재하는 학교로, 스파르타인을 마스코트로 사용하고 있다.

만, 교실로 들어온 아빠는 곧장 담임선생님에게 다가갔다. 아빠가 자신을 소개한 다음 두 사람은 가벼운 이야기를 나누었다. 담임선생님은 아빠 일행의 방문을 예상하고 있었나 보다. 담임선생님이 미소를 지었고 아빠도 미소를 지었지만, 우리 반 아이들과 나는 침을 질질 흘렸다.

아빠와 함께 온 키가 크고 턱수염이 난 촬영기사 아저씨가 비디오카메라를 설치하기 시작했다. 아빠는 교실을 빙 둘러보더니 조그만 목소리로 "마이크 시험 중, 하나, 둘, 셋…… 마이크 시험 중, 하나, 둘, 셋!" 하며 늘 하던 대로 마이크에 대고 중얼거렸다. 그러고는 나에게 걸어와 내 머리를 쓰다듬고는 몸을 숙여 내 뺨에 입을 맞추었다.

촬영기사가 물었다.

"거기서 찍을 겁니까?"

아빠가 대답했다.

"그럽시다."

촬영기사가 다시 물었다.

"소리는 괜찮나요?"

"좋습니다."

"그럼, 갑니다?"

아빠는 "갑시다."라고 대답하고는 숨을 깊이 들이쉬었다.
"안녕하십니까!"
아빠는 마이크를 손에 쥐고 카메라를 똑바로 응시했다.
"시드니 맥다니엘입니다. 이 아이는 제 아들 숀입니다. 숀은 최중증 발달 장애아입니다. 저는 오늘 여기 숀의 학교에 와 있습니다. 여러분은 잘 모르시겠지만, 무려 연간 35,000달러에 이르는 여러분의 세금이 교육 불가능한 아이들을 교육하기 위한 여러 프로그램들에서 서비스 업무와 직원 고용, 특수 장비 및 기타 다양한 부가 비용 명목으로, 숀처럼 교육이 불가능한 아동 한 사람 한 사람을 지원하는 데 사용되고 있습니다. 매년 아동 1인당 35,000달러가 지속적으로 집행된다는 말입니다. '교육 불가능한 아이들을 교육한다.'는 말이 다소 역설적으로 들리시나요? 제가 오늘 이곳 쇼어라인 고등학교를 방문한 것도 바로 그런 이유 때문이라고 하겠습니다. 이렇게 직접 제 아들을 찾아와 여러분이 낸 세금이 어떻게 쓰이고 있는지 공정하게 조사해 보고자 합니다."
가만히 앉아 아빠의 말에 귀를 기울이고 있는데, 뒤에서는 "꼬추, 꼬추, 꼬추."와 "아아아아아!"에다 "아가…… 아가…… 아가……." 하는 말들이 끊임없이 배경음으로 깔렸다. 그러다 내 눈앞에 윌리엄 선생님이 나타났는데, 화가 난 얼굴이었다.

계속해서 아빠의 말이 이어졌다.

"학생 한 사람 한 사람이 자신이 지닌 최대한의 수준을 성취하고 잠재력을 키우도록 고안된 교육을 받을 자격이 있다는 주 교육부와 시애틀 공립학교기구의 숭고한 의도에 동의하지 않을 사람은 아무도 없겠지만, 문제는 우리의 학교, 여러분의 학교가 배움이 불가능한 아이들을 가르치는 데 일 년에 수백, 수천 달러를 지불하고 있다는 사실입니다. 우리는 왜 배울 수 없는 아이들을 가르치는 걸까요? 열네 살 아이에게 신발 끈 묶는 방법과 '고양이'라는 낱말의 철자를 가르치는 데, 그것도 교사 개인당 수백 시간을 투자해야 겨우 될까 말까 한 일이라면, 지금 당장 이 많은 재원을 할당한다는 게 진정 가치 있는 일일까요? 게다가 그것도 모자라서 앞으로 절대로 신발 끈을 묶지도, '고양이'의 철자를 말하기는커녕 그게 무슨 뜻인지 이해조차 하지 못하는 숀과 같은 아이를 위해 우리가 쏟는 힘과 재원의 값어치를 과연 무슨 수로 정당화시킬 수 있을까요?"

아빠가 몇 가지 흥미로운 요소를 건드리고 있다는 점을 인정하지 않을 수 없을 거다. 교육 불가능한 아이들을 왜 교육하는가? 왜 그런 시도를 하는가? 잊지 마라. 세상의 눈으로 보면, 이러한 일들을 판단하는 과학적으로 입증된 방법에 근거한다면 나는 천치다. 바보멍청이. 샐러리 줄기. 화강암 덩어리. 우리 반 친구들이 핵물리학이나 뇌 외과 분야의 직업을 가질 수 없다는 건 뻔한 사실이다.

아빠는 천천히 나를 향해 몸을 돌리더니 다시 카메라를 응시했다.

"교육 불가능한 아이들이라 가르칠 수 없다고 해서 초라한 수용 시설이나 거대하고 비인간적이며 나 몰라라 방치하는 기관에 무조건 집단 수용할 수도 없는데, 그렇다면 이러한 질문이 대두되지 않을까요? '그럼 어쩌란 말인가?' 제가 여러분에게 명쾌한 해답을 드릴 수 있다면 얼마나 좋을까요? 우리는 모두 복잡한 문제에 간단한 해답이 존재하기를 소망합니다. 하지만 진실은, 간단한 해답이란 존재하지 않는다는 것입니다. 복잡한 문제에는 오로지 복잡한 해답만이······."

바로 그때 발작이 들이닥쳤다.

아빠와 내가 카메라 정면에서 온갖 단란하고 다정한 아버지와 아들 같은 장면을 연출하고 있는 바로 그 순간, 타닥-

타닥-타다닥-휙-빨간색, 파란색, 짙은 파란색-바보 같은 웃음소리-근육 경련-빙그르르 도는 교실-영혼의 육체 이탈까지.

발작이 지속되는 동안에는 현실에서 일어나는 세세한 일들을 잘 기억하지 못하지만 이 부분만은 정확히 기억한다.

내가 웃음을 터뜨리자 아빠는 말을 그쳤다. 아빠는 몸을 돌려 내 눈을 들여다보더니, 내 몸을 꽉 잡은 채 발작을 지켜보았다. 발작을 할 때면 늘 그렇듯 나는 기분이 좋았다. 여기저기 둥둥 떠다니다 얼핏 아빠의 얼굴을 보았고, 아빠의 기분을 알아챘다. 아빠는 가슴 아파하면서도 실망스러워하는 듯했다. 발작 중이었기 때문에 아빠가 하는 말을 제대로 알아듣지는 못했지만 부분 부분 들려오는 말들이 있었.

"참을 수 없는 고통을 겪고 있는 우리 아이들은 어떻게 되는…….", "사랑하지 않는다는 건 아닙니…….", "아이를 진정으로 사랑한다면…….", "우리가…… 해서는 안 되며…….", "그리고 만약…….", "아무런 희망도 없는…….", "해서는 안 되고…….", "누군가가…….", "고통을 끝내야 하지 않을까요?"

내 영혼은 아빠와 내 주변을 둥둥 떠다녔다. 나는 정신을 집중하려고 애를 쓰는 한편, 되도록 열심히 들어 보려고 귀를 기울였다. 하지만 내 영혼은 베키 선생님의 가슴을 스치고 지나가고 싶은 마음과 담임선생님의 책상 위에 벌어진 주머니 속에 들어 있는 바닐라 맛 과자를 맛보고 싶은 유혹, 그리고 운동장 밖으로 뛰쳐나가 그네 기둥과 농구대의 철 기둥 사이를 지그재그로 휙휙 쏘다니고 싶은 생각을 결국 뿌리치지 못했다.

알아, 알아. 내가 참 무책임하지. 지적 장애아와 교육 가능성, 그리고 '기금 체감 시대의 적합한 기금 배분 결정'에 관한 PBS 특집 프로그램의 나머지 촬영분을 끝까지 똑똑히 지켜봤어야 하는데. 그렇게 싸돌아다니는 게 아닌데. 그렇지만 어쩌라고? 제기랄, 난 기껏해야 열네 살이잖아! 하늘 좀 날고, 지그재그로 달리기도 하고, 과자도 핥아먹고, 가슴에 비비는 일이 훨씬 더 좋은 걸 어떡해? 뭐, 내 능력 좀 활용한다는데.

다시 내 몸으로 돌아와 보니 아빠와 카메라맨 아저씨는 벌써 장비를 챙기고 있었다. 쇼는 끝났다. 프로그램을 놓쳐서 좀 아쉬운 마음이 들었다. 그때 문득 아빠가 했던 말이 생각났다.

"고통을 끝내야 하지…….."

그 말을 처음 들었던 건 바로 얼마 전, 까마귀 사건이 있던 그날이었다. 당시에는 그 말을 듣고 긴장하기는 했지만 따로 생각하지 않으려고 했다. 그런데 이렇게 빨리 그 말을 다시 듣고 보니, 이제야 제대로 그림이 그려진다.

잠시 뒤, 아빠가 문을 향해 뚜벅뚜벅 걸어 나갔다. 아빠는 문손잡이를 잡으려다 마지막으로 고개를 돌려 나를 흘깃 쳐다보았다. 우연찮게 내 눈도 아빠를 똑바로 바라보고 있었다. 아빠에게는 뭐라 설명하기 힘든 눈빛이, 전에는 한 번도 본 적이 없는 그 무엇이 담긴 표정이 있었다. 갑작스레 찬바람이 교실 안으로 불어왔다. 온몸이 오싹했다.

내 고통을 끝낸다고? 그 말을 듣자 화가 머리끝까지 치밀어 올랐다. 아빠가 무슨 권리로 나를 위한 최선이 무엇인지를 결정한단 말인가? 대체 아빠가 무슨 권리로 내 고통을 끝내야겠다는 생각을 품는단 말인가? 내 곁을 지키지도 못한 주제에! 지금은 말뿐이지만 그 말이 행동으로 바뀌는 데는 얼마만큼의 시간이 남았을까?

08

나는 묻는다,
왜 우리에게 이런 일이?
린디는 손을 무릎에 안고,
손가락으로 뺨을 어루만진다,
부드러운 숨처럼 천천히.
린디는 아무런 대답이 없다.
침묵 속에 앉아 있는 우리
우리는 기다린다.

아빠가 우리 가족을 언제 떠났는지 잘 기억나지 않는다. 내가 채 네 살도 되기 전이었는데, 마지막으로 아빠가 나에게 밥을 먹여 주던 기억이 아직도 생생하다. 아빠가 우리를 떠난 바로 그 주였다.

내가 기침을 하다가 아빠 얼굴에 밥과 으깬 채소를 한입 가득 뱉어 내자, 아빠 입에서 욕이 튀어나왔다.

"제기랄!"

아빠는 나한테 점심을 먹이던 중이었다. 엄마는 설거지를 하고 있었다.

얼굴에 묻은 침과 음식 찌꺼기들을 닦아 내며 아빠가 투덜거렸다.

"도무지 적응이 안 돼."

아빠는 건너편 주방 벽으로 숟가락을 내동댕이쳤다. 아빠의 입에서 또다시 욕이 튀어나왔다.

"이런 짓은 애기들이나 하는 줄 알았지! 그런데 넌…… 어휴, 젠장!"

엄마가 아빠를 달랬다.

"여보."

아빠는 두 손을 떨며 엄마를 바라보았다.

"미안해."

지치고 슬픈 목소리였다.

다시 침묵.

엄마가 침묵을 깼다.

"알아요, 여보, 이해해요. 우리가 노력해야지, 손의 잘못이 아니란 걸 잊으면 안 돼요."

"손한테 화가 나는 게 아니야. 엉망진창이 되어 버린 손의 빌어먹을 그곳, 손도 어쩔 수 없지만 우리가 보는 건 그게 다잖아! 어쩌면 내가 미치도록 화를 내는 상대는 신일지도 모르지."

건너편 주방에서 아빠를 물끄러미 바라보는 엄마의 얼굴에는 슬픔이 가득했다.

"대체 왜 손이 저렇게 망가져야만 하지? 신은 왜 손을 저렇게 완전히 고장 난 기계처럼 만들어 놨느냔 말이야?"

엄마가 조용히 대답했다.

"신이 아니에요. 어차피 당신은 신을 믿지도 않고, 신을 믿는다 해도 신 때문이 아니라는 걸 당신도 잘 알잖아요. 때로는 그냥 그런 일이 생기는 거예요."

낮고 지친 목소리로 아빠가 대꾸했다.

"알아. 하지만 이제 더는 못 하겠어. 더는 못 참겠다구."

엄마가 다시 아빠를 쳐다보다 고개를 돌렸다.

"그런 말 듣기 싫어요."

북받치는 화로 착 가라앉은 냉랭한 목소리였다. 아빠는 그 자리에 그대로 앉아 있었다.

*　*　*

언젠가 한 번 아빠가 떠난 걸 두고 엄마가 하는 이야기를 들은 적이 있다. 엄마는 친구인 코니 아줌마와 함께 앉아 있었다. 두 사람은 주방에 딸린 작은 식탁에 앉아 커피를 마셨다. 나는 퓨짓 사운드*가 내려다보이는 늘 앉던 창가 자리에 놓인 휠체어에 앉아 있었다. 파란 하늘이 눈부신 기분 좋은 날이었고, 멀리 바다 너머로는 올림픽산이 선명하게 드러났다.

엄마는 몹시 서글픈 목소리였다.

"그 사람 이해해."

아빠를 말하는 거다.

"숀 때문에 얼마나 힘들었을지 잘 알아. 그 사람을 힘들게 한 건 숀이 뭘 아는지 모르는지 알 수 없어서가 아니야. 의사들이 확실하게 말해 줬으니까. 천 번도 넘게. 숀이 무얼 인지하는 건 거의 불가능하다고 했는데도, 그런데도 그 '거의'라는 말 때문에 그 사람은 미치겠는 거야."

---

*Puget Sound, 미국 워싱턴 주 서북부에 있는 태평양 연안의 만(灣)

아줌마가 말했다.

"그렇다 쳐도 난 그 사람이 너희 세 식구만 두고 떠날 권리가 있다고는 생각하지 않아."

엄마는 커피 잔을 내려다보았다.

"그래, 네 말이 맞아. 그이는 마음이 약하고 비겁해. 나도 어떤 때는 그이가 미워. 그렇기는 하지만, 그이는 숀이 발작 때문에 고통스러워하는 모습을 지켜보는 걸 견뎌 내지 못했을 뿐이란 것도 잘 알아. 그이는 어쩌면 숀이 자신 안에 갇혀 있을지도 모른다는 생각 때문에 너무나 힘들어 했어."

〈숀〉으로 퓰리처상을 타기 전에도 아빠는 여러 번 상을 탔다. 여러 권의 시집, 신문과 잡지에 기고한 글들, 그리고 대학에서 문학을 강의하는 것만 봐도 아빠는 무척이나 똑똑한 사람이다. 아빠는 내가 정말로 죽기 싫어한다는 걸 알고 있을까? 그게 진정 올바른 일이라는 확신도 없이 나를 죽이려 들까? 아빠가 나를 사랑한다는 걸 잘 알기에 모든 게 더욱 더 혼란스럽다.

크게 중요한 얘기는 아니지만, 아빠와 나는 둘 다 엄지손가락이 이중 관절이다. 두 사람 다 엄지손가락이 뒤로 휙 젖혀지는데, 완전히 확 뒤로 넘어갈 때면 마피아 단원이 와서 일부러 꺾어 버렸나 싶을 정도다. 형이나 누나는 안 되는데 나만 그렇게 된다. 아빠는 집에 올 때마다(제대로 말하자면 서너 번뿐이지만) 내 손을 잡아 엄지손가락을 뒤로 꺾어서 손가락이 부러진 것처럼 괴상하게 보이도록 만든다. 그러고는 아빠 손가락도 똑같이 젖힌다. 나야 혼자서 엄지손가락 근육을 조절하지 못하는 게 당연하고, 아빠가 내 두 엄지손가락을 잡고 그렇게 이상한 모양으로 젖혀 놓고는 동시에 아빠 손가락도 똑같이 뒤로 젖힌다는 얘기다. 우리 두 사람의 손은 크기만 다를 뿐, 꼭 반은 인간이고 반은 기형이 된 돌연변이 쌍둥이 원숭이의 발 같다. 정말 신기하다. 이 작은 의식이 치러지는 와중에 어쩌다 아빠의 얼굴을 가만히 들여다볼 때가 있는데, 내 생각엔 아빠가 나와 가장 가깝게 느끼는 때가 바로 그 순간인 듯싶다. 찰나에 불과하긴 하지만, 가끔은 아빠가 서글프게 웃을 때가 있다. 그리고 바로 그때, 나 역시 아빠에게 가장 사랑받고 있다는 걸 느낀다.

나는 아빠가 최선이라고 생각하는 행동을 할 거라고 거의 믿는다. 나는 아빠가 나의 '고통'을 '끝낸다'는 게 정당한 일인지 아닌지 잘 알고 있으리라 거의 믿는다. 거의.

09

내 가슴속,
심장이 있어야 할 그곳에,
유령 새가 한 마리
끔찍한 바람 속으로 날아든다.
얼어붙는 겨울바람,
얼음으로 뒤덮인 눈동자,
노래하지 못하고,
차츰 희미해져가네.
떨어지고 또 떨어지네.

    누나가 친구들과 함께 집에서 밤을 보내는 행사는 내 '투명성'이 효력을 발휘하는 몇 안 되는 경우 가운데 하나다. 완전히 바보가 된다는 것, 그리고 의사소통이 불가능하다는 점이 여자애와 친밀하며 특별한 관계를 갖는 데 단점이 된다는 사실은 두말할 필요도 없다. 그런 게 단점이 된다는 사실조차 모르는 경우야 말할 가치도 없겠지만. 그래, 난 절대로 여자애들한테 점수를 따지 못할 거다. 그건 확실하다. 하지만 아까도 내가 말했듯 눈에 띄지 않아서 좋을 때도 있다.

사람들은 나랑 잠시 있다 보면 내가 있다는 사실을 깜빡하곤 한다. 처음에는 지나가면서 나를 쳐다보고, 나중에는 힐끗 쳐다보다가 결국에는 아예 내가 없다고 생각한다. 나는 투명인간이 된다.

먹구름 뒤에는 태양이 빛난다고 했던가. 주변에 남자애가 아무도 없다고 생각하면 10대 소녀들이 어떤 수다를 떠는지 아마 상상도 못 할 거다. 내가 무슨 소문을 퍼뜨릴 염려가 있길 하나, 게다가 누나들은 어쨌듯 나를 식물인간으로 생각했지 남자로 여길 리 만무할 테니까. 누나들이 내 존재를 그다지 신경 쓰지 않는 건 분명한 사실이다.

그리하여 누나들은 브라와 팬티 차림으로 사방을 돌아다니고 바로 내 앞 거실에서 옷도 갈아입는다. 정확히 말하면 '바로 내 앞'은 아니고, 주방 창문 가까이 휠체어가 세워져 있는 곳에서 때마침 내 눈이 그 방향으로 향하면 거실이 한눈에 들어온다. 거실에는 대형 스크린 텔레비전과 시디플레이어와 오디오, 그리고 커다란 소파가 두 개나 있어서 누나와 친구들은 보통 거실로 나와 잠을 잔다. 구조상으로는 다른 공간이지만, 그래봤자 거실에서 5미터도 떨어져 있지 않은 셈이다. 그래서 누나들의 가장 사적인, 소곤소곤 속삭이는 비밀들까지 거의 다 들을 수 있다. 거기에 내 눈까지 협조를 하면 금상첨화다.

오늘밤 누나는 새 친구를 한 명 데려왔다. 하룻밤 자고 간다고 한다. 누나 친구들은 다들 꽤 예쁜 편이다. 하지만 이 누나처럼 예쁜 사람은 없었다. 호리호리한 키와 금발에 가까운 갈색 머리카락, 그것도 모자라 환상적인 몸매까지. 얼굴은 맥스필드 패리쉬* 그림에 나오는 여자들처럼 생겼다.(엄마 방에 가면 맥스필드의 그림이 두 점 걸려 있다.) 와, 정말 예쁘다.

나를 처음 보는 사람들은 보통 영화 〈기적은 사랑과 함께〉에서 애니 설리번이 헬렌 켈러를 처음 만났을 때처럼 나를 대한다.

---

*Maxfield Parrish(1870~1966), 환상적인 그림으로 유명한 미국의 화가

"안녕, 숀, 만나서 반가워…… 내 이름은 앨리 윌리엄슨이야…… 안녕?"

왜 그런지 모르겠지만 사람들은 나에게 자신을 소개할 때면 언제나 아주 큰 소리로 또박또박 말을 건넨다. 그럴 때면 짜증이 난다. 앨리 윌리엄슨만 빼고. 앨리는 너무나 완벽해!

누나가 끼어든다.

"말을 못 해."

앨리가 말한다.

"아! 그럼…… 얘는…… 알아듣나…… 내 말을 알아듣는 거야?"

"아니."

앨리가 다시 나에게 몸을 돌린다.

"어쨌든 안녕, 숀. 좋은 하루 보내."

앨리의 얼굴을 보면서 목소리를 듣자, 배가 따끔따끔하면서도 따스하고 편안하다. 손바닥은 땀투성이다. 가슴도, 심장도, 몸속의 모든 게 화끈거리면서 간질간질하다. 그냥 지금껏 느꼈던 그 어떤 감정보다 훨씬 좋다는 말밖에는, 내 몸 구석구석 다른 부분의 느낌은 설명조차 하기 힘들다. 아찔아찔 현기증이 인다.

두 시간이 흐르고, 나는 내 방 침대에서 보통의 소녀들에 대해, 그 중에서도 앨리 윌리엄슨에 대해 생각하는 중이다. 내 침대는 추락방지용 나무 난간이 달린 특대형 어린이 침대다.

누나와 앨리의 이야기 소리가 더는 들리지 않고 텔레비전도 조용한 걸 보니 다들 벌써 거실에서 잠이 들었나 보다. 밤이 깊은 듯 온 집 안이 고요하다. 잔잔한 산들바람이 나뭇가지를 흔들어 내 방 창문을 때린다. 나는 어둠 속에서도 내 방을 '볼' 수 있다. 머리 위에는 동물 모빌이 침대 위에 매달려 있다. 이 '자극용' 물건이 언제부터 매달려 있었는지 기억이 없는 걸 보면 내가 네 살도 되기 전이라는 뜻이다. 아마도 아빠가 여기에 매달았을 거다. 내가 저 기린, 호랑이, 사자, 앵무새, 얼룩말과 하마를 올려다본 게 과연 몇 번이나 될까? 몇 번? 힌트를 주자면, 기린은 귀 끝에서 발굽 밑바닥까지 통틀어 점이 일흔여섯 개, 얼룩말은 줄무늬가 서른여덟 개, 호랑이는 스물세 개다. 사자는 여섯 개의 이빨을 드러내고 있으며, 갈기에 달린 긴 황갈색 털을 만드는 데 백스물두 번의 붓질을 했고, 하마는 입만 쩍 벌렸지 이빨은 겨우 여덟 개뿐인데, 엉덩이에 앉은 작은 새는 날개에 끝이 노란색인

깃털 네 개가 달려 있다. 말할 거리는 얼마든지 있다. 요점은 내가 그 동안 살면서 이 자리에 누워 뚫어져라 모빌만 쳐다본 시간이 얼마나 많았겠냐 이 말이다. 어둠 속에서조차 나는 모빌의 모든 동물들이 보인다.

마침내 나는 더 이상 참지 못하고 기분 좋게 잠으로 빠져든다.

이미 캄캄해진 내 방은 점점 더 어두워진다. 매일 밤 그렇듯 내 방이 나를 삼키기 시작한다. 움직이지 않는 모빌은 고요 속에 매달려 있고, 발과 발목이 갑작스레 움직이는 걸 막기 위해 차고 자는 플라스틱 발 잠금 장치는 바닥에 놓여 있다. 내 방과 방 안의 모든 것들이 이내 어둠 속으로 차츰 사라져 간다.

잠에 빠지자, 꿈을 꾸기 시작한다. 꿈속에서 나는 숨을 깊이 들이마시고 내 몸을 완전히 마음대로 조종한다. 발작할 때의 느낌과 비슷하다.

앨리 꿈을 꾼다. 앨리와 나 둘뿐이고, 우리는 입을 맞춘다. 황홀하다. 서로를 잘 모르지만 어쨌든 우리는 사랑에 빠진다. 여기가 어딜까? 방이 낯설게 느껴진다. 어디라면 좋을까 생각해 보려는 순간, 우리는 시애틀 시내에 있는 스페이스 니들 꼭대기, 180미터 상공에 앉아 있다. 우리 둘의 다리가 흔들린다. 우리는 동쪽으로 얼굴을 돌려 산으로 이어지는 구릉들을 바라본다. 캐스캐이드산맥의 가장 높은 산꼭대기 위로 해가 떠오르고 있다. 길게 이어진 지평선은 분홍빛, 붉은빛, 주황빛으로 타오른다. 산은 보랏빛과 푸른빛으로 물들고, 산에 쌓인 눈 또한 같은 빛깔들로 물이 든다. 지금의 일출은 마치 모든 우주 만물이 빛으로부터 펼쳐진 양 엄청난 느낌으로 다가온다. 온 우주가 지켜보는 듯하다.

앨리가 감탄한다.

"와, 정말 아름답다!"

아침의 첫 햇살이 우리를 감싸고, 우리는 서로 꼭 붙어 앉아 있다.

앨리가 다시 속삭인다.

"너무나 아름다워."

앨리에게 고백한다.

"사랑해……."

그녀는 내가 처음으로 사랑을 고백한 소녀다. 난 아직 어리고 어수룩하고 경험도 없는데다 이런 말이 바보 같고 진부하게 들리리라는 사실을 뻔히 알면서도 이렇게 덧붙인다.

"……자기."

"나도 사랑해."

앨리도 이렇게 속삭이더니 내 옆으로 더 바싹 다가온다. 둘이 어우러져 하나가 되어 버린 듯 어디서 내가 끝나고 어디서 그녀가 시작되는지 분간하기가 어렵다. 그리고 앨리가 다시 한 번 이렇게 속삭인다.

"사랑해, 자기."

문득 꿈이라는 사실을 잘 알면서도 너무나 사랑스러운 느낌에, 너무나 사랑받고 있다는 느낌에 나도 모르게 울음이 터져 나온다.

깨어나 보니 얼굴에 파리가 한 마리 달라붙어 있다. 파리가 내 뺨을 가로지르며 조그만 발들을 움직이는 게 느껴진다. 파리는 내 코를 올려다보고 있다. 몇 초마다 날개를 움직이기에 날아가 버리겠지 했는데, 이내 되돌아온다. 그렇다고 내가 어찌할 방법은 없다. 머리를 움직일 수도, 손을 흔들어 쫓거나 탁 쳐서 잡을 수도 없다. 소리를 질러 도움을 청한다는 건 더더욱. 전에도 이런 일이 다반사였고, 나 역시 이런 상황이 몹시 싫다. 꼼짝 않고 누워서 다른 생각이나 해야지

별 수 없다. 어젯밤 꿈에 초점을 맞춰 본다.

정확히 언제, 어떻게 앨리와 함께한 꿈이 끝나 버렸는지 잘 기억나지 않는다. 울긴 울었는데, 꿈속의 울음이지 진짜 눈물은 아니다. 앨리가 가까이 다가와 나를 꼭 안아 주었지만, 이 역시 꿈속의 포옹이지 진짜 몸은 아니다.

깨어 보니 아침이었고 내 침대였다. 진짜 나, 진짜 몸, 진짜 호흡. 가만히 누워 마음 편히 공상을 펼치고 있는데 망할 놈의 파리가 날아왔다. 녀석의 볼록한 파란 눈이 보이고 짜증스러운 날갯짓 소리가 앵앵거리며 고막을 자극한다. 그러다가 다시 내려앉는 게 느껴지고, 얼굴을 지나 뺨 위로, 입술 위로, 결국 내 입가에 자리를 잡는다. 먹이를 먹고 있나? 알을 낳나? 다시 내 눈 위로 왔다갔다 움직이는 바람에 본능적인 감지 반사로 눈이 깜빡인다.

앨리 꿈은, 앨리와 함께한 꿈은 황홀했다. 어젯밤까지는 아빠가 나를 죽이려 한다는 생각과 함께 나를 엄습한 두려움은 모든 이들이 그렇듯 죽은 뒤에 어떻게 되는지 모르기 때문에 생기는 막연한 두려움일 뿐이었다. 어젯밤까지는 나는 오로지 죽고 나면 생명이란 게 없을지도 모른다는 걱정만 했다. 다른 사람은 몰라도 영혼의 여행을 경험한 나로서는 사람이 단지 육체와 두뇌 그 이상의 존재라는 사실을 알고 있어야 하지 않을까? 나는 우리에게 영혼이 존재한다는 사실을 믿어야 한다. 그런데도 여전히 확신이 서지 않는다. 예전에는 나를 죽이려는 아빠의 결정이 모든 것을 멈추게 할지도 모른다는 사실이 크게 중요하지 않았다. 하지만 지금은 엄청나게 중요하다! 앨리와 함께한 느낌이 이렇게 좋은 거라면 앞으로 훨씬 더 멋진 느낌들이 나를 기다리고 있을지도 모른다는 말이잖아!

사랑에 대한 생각을 멈출 수가 없다. 전에는 한 번도 사랑에 빠져 본 적이 없다. 엄마 아빠가 나를 사랑한다는 건 잘 안다. 엄마 아빠가 나를 사랑하는 건 어찌 보면 당연한 거다. 두 분은 나를 사랑하긴 해도 진정으로 나를 알지 못하며, 앞으로도 절대 알 리가 없다. 알 수가 없다. 나만 아니었다면 엄마와 아빠는 함께 살았을 거다. 신디 누나와 폴 형을 생각해 본다. 누나와 형도 마찬가지다. 두 사람도 분명 나를 사랑하겠지만 어떻게 나에 대한 분노의 감정이 없겠는가? 나는 우리 가족을 망쳐 놓았다. 식구들의 감정이 어떻든지 그들은 나를 모르고, 나를 제대로 안 적이 단 한 번도 없었다. 난생처음, 사랑받는다는 것과 제대로 알려진다는 것이 별개가 아닌 하나가 아닐까 싶은 생각이 든다. 만약 어떻게든, 어떤 식으로든 나를 사랑하고 나를 알아줄 그런 사람이 생긴다면? 나는 영리하고 내 삶을 사랑하며 죽고 싶지 않다는 사실을 누군가에게 알릴 수 있는 방법이 존재한다면?

지금 당장 아빠가 이 방으로 걸어 들어와 나를 죽여 버린다면 이 세상 그 누구도 진정한 나를 알 길이 전혀 없다. 나는 누군가를 사랑하고 싶고, 반대로 진정한 나 자신으로 누군가에게 사랑받고 싶다. 만약 갇힌 몸 안에 진정한 내가 존재한다는 사실을 알아볼 정도로 나를 사랑해 주는 사람이 나타난다면 어찌할까? 내가 여기에 존재한다는 사실을, 어쩌면 그 사람이 진짜 내 세상을, 내가 고통 속에 있지 않다는 사실을 아빠에게 알려 줄 수 있을지도 모르는데. 다른 건 다 그렇다 쳐도, 진정 나를 알아볼 정도로 사랑받게 되면, 그러면 내 목숨을 구할 수 있을까?

10

무슨 일이 일어나는 건가
린디는 내게 시선을 주지 않고,
나 역시 내 모습을 볼 수가 없으니……
말들이,
한때는 장작처럼, 콘크리트처럼 굳건했던 그 말들이……
머랭* 가루가 되어 부서져 내린다.

아침식사 시간. 밥을 먹는 내 모습이 썩 보기 좋은 광경이 아니라는 것쯤은 나도 잘 안다. 매일 아침 똑같다. 나에게 밥을 먹일 때면 엄마는 늘 식탁 의자를 바짝 당겨 앉은 다음 목욕 수건만한 턱받이를 내 목에 두른다. 그러고는 구식인 초

---

*거품을 많이 낸 달걀 흰자와 설탕의 혼합물로 파이 등에 얹는 과자의 일종

초록색 플라스틱 '닌자 거북이' 그릇에 오트밀을 담는다. 엄마는 만날 이 그릇만 쓰는데, 거북 머리가 잡기 편하게 되어 있어서 그릇을 내 얼굴까지 바싹 대고 오트밀을 떠먹이기가 편하기 때문인가 보다.

내 입에다 음식을 집어넣는 일은 나한테 밥을 먹이는 첫 번째 단계에 불과하다. 나는 자발적으로 음식을 삼키지 못하기 때문에 '삼킴 반사'가 시작되기를 기다려야 한다. 그래서 음식을 삼키기도 전에 절반은 도로 줄줄 흘러나온다. 이제껏 내 밥은 엄마 혼자 다 먹였다고 해도 과언이 아니라서 엄마는 완전히 전문가다. 일단 한 숟가락 내 입에 떠 넣고, 숟가락을 내 아랫입술 밑 턱에 그대로 대고 있다가 음식이 흘러나오면 숟가락으로 재빨리 밀어 넣는데, 내 몸이 음식을 제대로 삼킬 때까지 몇 번이고 그 과정을 반복한다. 그렇게 한 숟가락을 다 먹여야 다음 숟가락이다. 그러니 나에게 밥을 먹이려면 시간이 꽤나 걸린다. 게다가 지난 번 아빠 때처럼 음식을 뿜어내며 기침을 하거나 침이 튀어나오기도 한다. 그야말로 눈 뜨고 못 볼 꼬락서니다. 잠에서 깨기 전에 앨리가 간 게 천만다행이다.

오늘 아침, 엄마는 딴 데 정신이 팔린 사람 같다. 평소보다 입에서 오트밀이 더 많이 흘러나와 턱받이로 뚝뚝 떨어진다. 엄마는 줄줄 흘러내리는 오트밀을 닦아 내느라 연방 손가락으로 내 턱을 부드럽게 쓸어 준다. 엄마의 표정에서, 눈빛에서 무언가 심상치 않은 일이 있다는 게 분명히 드러난다.

식사가 끝나자, 엄마는 화장실로 가서 손에 묻은 끈적끈적한 오트밀을 닦아 내고 주방으로 되돌아와 위층에 있는 누나와 형을 부른다.

형이 대답한다.

"넵!"

누나는 대답이 없다.

엄마가 더 큰 소리로 다시 부른다.

"신디!"

"네?"

"둘 다 잠깐 내려와 봐."

엄마는 주방과 거실 사이에 있는 벽에 몸을 기대고 있다. 내 눈이 엄마를 향한다. 엄마는 아름답다. 마흔다섯 살이지만 여전히 아름답다. 엄마의 원래 이름은 '린다'지만 아빠는 결혼 전부터 엄마를 '린디'라는 애칭으로 불렀다. 엄마는 그때부터 쭉 린디다. 서 있는 엄마의 모습을 보니 엄마에 대한 무수한 기억이 머릿속을 맴돈다. 엄마가 내 귀에 대고 속삭이던 다정한 말들, 발작이 끝나고 정신을 차릴 때면 팔에 안고 어르며 가만가만 불러 주던 우스꽝스러운 엄마의 자장가……. 지금 이대로도 행복한 이유를 딱 한 가지만 대라고 한다면 주저 없이 그건 바로 바위처럼 단단하고 변함없는 나에 대한 엄마의 사랑이라고 대답하겠다. 하지만 지금 당장은, 바로 이 순간만은, 나는 앨리를 생각하며 나도 여자 친구가 있다면 얼마나 좋을까 하는 마음뿐이다. 내가 만약 엄마를 사랑하는 것보다 다른 누군가를 더 사랑한다면 그건 과연 어떤 느낌일까 궁금한 마음까지 든다. 행복의 비밀은 사랑임을, 엄마가 언제나 나를 사랑해 주었듯이, 내가 언제나 엄마를 사랑하듯이, 그렇게 사랑하고 사랑받는 거라는 걸 나도 잘 안다. 그래도 지금은 사랑의 새로운 의미를, 무언가 훨씬 더 큰 사랑에 대해 생각해 본다.

누나와 형이 서로 툭툭 밀치고 장난하면서 거실로 나란히 모습을 드러낸다.

엄마가 말을 꺼낸다.

"너희 둘에게 할 말이 있어."

어색하리만치 행복이 넘치는 얼굴에 목소리인지라, 우리

셋 다 가벼운 이야기가 아니라는 걸 당장에 눈치 챘다.

형이 먼저 수비 태세로 되받아친다.

"그 말씀은 벌써 하셨구요."

누나와 형 둘 다 무언가 찔리는 모양이다. 본인들도 딱히 이거다 싶은 건 없지만 그래도 '엄마한테 뭐 들킨 거 아냐?' 싶은 기색이다. 엄마도 눈치를 채고 깔깔거리며 웃는다. "혼내려는 거 아니야." 하고 엄마가 안심시킨다.

"엄마가 할 말이 좀 있어서 그래."

이쯤 되자 정말로 중요한 얘기라는 확신이 든다. 엄마의 말투만 들어도 안다. 엄마는 원래 긍정적이고 밝은 사람이지만 지금처럼 저렇게 과장스러우리만치 긍정적인 말투가 되면 뭔지 모르지만 꽤나 심각한 얘기라는 뜻이다.

"대체 뭔데요?"

누나도 나와 똑같이 의심쩍은 마음에 엄마를 빤히 쳐다보며 참지 못하고 재촉한다.

엄마가 대답한다.

"아빠 얘기야."

바로 형이 툴툴거리며 쏘아 댄다.

"이번엔 또 뭔데요?"

엄마가 아빠를 변호하듯 말한다.

"무슨 얘기인지 시작도 안 했어."

형은 당장에 말대꾸다.

"아빠 얘기라면 하실 필요 없어요."

형은 거실에 있는 파란색 소파에 털썩 주저앉는다. 누나도 형 옆에 앉는다.

엄마가 숨을 깊이 들이쉬더니 형을 향해 몸을 돌린다.

"아빠한테 화난 거 알아. 그래도 잠깐 그 문제는 접어 두고 엄마 말 좀 들어 봐. 〈앨리스 폰즈 쇼〉에서 아빠의 최신 프로젝트를 방영할 예정······."

누나가 엄마 말을 자른다.

"학교에 대한 거예요?"

"아니."

형이 묻는다.

"무슨 새 프로젝트요?"

엄마는 한숨을 내뱉는다. 아주 짧은 한숨이었지만 우리 셋은 놓치지 않는다. 결정적인 말을 할라치면 빼먹지 않는 엄마의 버릇이다.

"아빠가 새 책을 집필 중이셔. '얼 디트로'에 대한 책이야."

별안간 누나가 가슴팍에 얼굴을 묻으며 고함을 지른다.

"말도 안 돼!"

형이 비꼬듯 묻는다.

"누구요? '얼 데이글로우'가 누군데?"

여전히 무릎에 얼굴을 묻은 채 누나가 소리친다.

"제정신이시래요?"

엄마가 말한다.

"아빠는 중요한 이야기라고 생각하셔. 아빠는……."

누나가 말을 자른다.

"엉터리! 아빠는 무슨 생각으로…… 세상에 말도 안 돼!"

형이 소리를 지른다.

"무슨 말이야? 얼인지 뭔지가 누군데?"

누나가 고개를 들더니 경멸조로 말한다.

"자기 아이를 살해한 동부 워싱턴에 사는 괴물."

나는 엄마의 말을 듣는 순간 '아, 그 사람!' 하며 기억이 떠올랐고, 열 군데도 넘는 텔레비전 뉴스를 도배했던 기사들이 한꺼번에 오버랩되며 머릿속에서 완벽하게 재생되기 시작했다. 약 1년 전, 얼 디트로는 뇌에 손상을 입은 두 살배기 아들인 콜린을 살해했다. 아들을 질식사시킨 뒤 2급 살해 혐의로 유죄 선고를 받았다. 그는 20년형을 선고받고 왈라왈라 연방 교도소에 수감되었다.

엄마가 형에게 얼에 대해 설명한다.

형이 묻는다.

"이해가 안 돼요. 아빠가 왜 그런 일을 하는 거죠?"

"아빠를 변호할 생각은 없단다. 엄만 지금 너희한테 아빠가 하시는 일을 다 이해하고 수긍한다는 거짓말을 하지 않을 거야. 엄마 생각엔, 아빠는 숀 같은 장애아가 있는 우리 같은 가정을 사람들이 제대로 이해하지 못한다고 여기서. 그래서 작품과 프로젝트를 통해 숀과 같은 장애아와 함께 살자면 어떤 일이 생기는지 사람들로 하여금 생각해 볼 기회를 마련하려는 거야."

엄마는 잠시 말이 없다. 엄마의 얼굴은 슬픔에 잠겼고, 갑자기 너무나 지쳐 보인다. 아빠와 통화하며 울음을 쏟아 내고 비난을 퍼붓고 언쟁하며 목소리를 높이던 엄마의 모습이 고스란히 떠오른다.

"아빠는 너희가 이 프로젝트에 협조해 주면 고맙겠다는 아빠의 생각을 알아주었으면 하실 뿐이야."

누나가 날카롭게 되묻는다. 화가 난 목소리다.

"협조라구요?"

"원한다면 아빠랑 같이 그 프로그램에 나가서 숀과의 생활에 대해 이야기해도 좋다는 사실을 너희 둘이 알고 있었으면 하셔. 〈앨리스 폰즈 쇼〉 사람들은……."

느닷없이 분노에 찬 형의 웃음소리가 터져 엄마의 말을 가로막는다.

"아하! 앨리스 폰즈. 개나 줘 버리라지!"

낄낄거리는 형을 제지하며 엄마가 말한다.

"폴!"

누나가 화를 내며 묻는다.

"아빠랑 함께요? 왜요?"

엄마는 대꾸를 하려다 말고 잠시 숨을 고른다.

"엄마 생각엔, 아빠는 당신이 하시는 일이 숀과 같은 아이가 있는 다른 가정에 도움이 될 거라고 믿고 계시는 것 같아. 숀 같은 장애아들과 그들의 가정에는 '특별 올림픽'*에서 자원봉사 하는 걸로 만족할 게 아니라 더 많은 사회적 관심이 필요하다는 거야. 우리 집 같은 가정이 떠안고 있는 문제들

---

*Special Olympics, 1968년부터 4년에 한 번 개최되는 지적 장애아들의 국제 스포츠 대회

은 그럴싸하게 포장된 텔레비전 드라마에 나오는 문제와는 차원이 다르다는 걸 아빠는 잘 알고 있잖니. 아빠는…….”

형이 다시 엄마의 말을 가로막는다.

"아빠는 구제불능 멍청이니까 뭐가 됐든 협조할 생각도 없지만, 세상에 그 바보 같은 쇼에 나가서 내 동생 얘기를 하라니.”

형은 잠시 멈칫하더니 화를 내며 다시 이렇게 쏘아붙인다.

"앨리스 폰즈? 빌어먹을 앨리스 폰즈!”

형은 아빠가 우리를 떠나자 벌써 몇 년째 아빠에게 화가 나 있다. 늘 그런 건 아니지만(둘은 잘 지내보려고 나름대로 애를 써왔다.) 보통 평화는 오래 가지 못한다. 형은 어떻게든 화낼 거리를 찾아내고 아빠와 연락하기를 거부한다. 요즘 두 사람은 전혀 말을 하지 않고 지낸다.

엄마가 말한다.

"〈앨리스 폰즈 쇼〉에 나가든 안 나가든 그건 완전히 너희 맘이야. 아빠는 억지로 나가자고 하지 않을 거고, 그건 엄마도 마찬가지야. 아빠가 엄마한테 그 얘기를 한 건 〈앨리스 폰즈 쇼〉의 연출자가 너희가 출연했으면 좋겠다는 이야기를 했기 때문이고, 아빠는 엄마한테 너희를 설득해 달라는 말은 아예 하지도 않았어. 단지 그런 요청이 있었다는 걸 너희한테 알려 달라고 했을 뿐이야. 나가고 싶으면 나가고 나가기 싫으면 그만이야."

누나가 가만히 묻는다.

"엄마는 아빠가 숀 같은 애들이 있는 다른 집 사람들을 진심으로 걱정한다고 생각하세요?"

엄마는 망설이지 않고 대답한다.

"당연하지. 엄마가 아빠 일이나 아빠가 생각하는 방식에 항상 동의하는 건 아니라는 사실을 너도 잘 알잖니. 가끔은 엄마도 아빠 때문에 진짜 열 받을 때가 있지만, 아빠가 진정으로 염려하고 있고 스스로 옳다고 생각하는 일을 하려고 애쓰고 있다는 건 마음으로 느끼고 있단다."

누나가 빙긋 웃는다. 엄마의 '열 받는다'라는 말 때문인데, 평소 엄마는 절대 그런 말을 쓰지 않는다.

형은 여전히 화가 나 있다. 형이 비아냥거린다.

"당연히 염려하겠죠, 당신 자신을요!"

듣다 보니 엄마와 형 두 사람 모두에게 수긍이 간다. 남들을 도와주려는 아빠의 마음을 잘 알지만, 반면 아빠에게는 완전히 이기적인 면이 있다는 것도 잘 안다. 말을 할 수만 있다면 식구들에게 이 얘기만은 꼭 해 주고 싶다. 다른 건 몰라도 돈과 집필 사업에 관해서라면 아빠는 몹시 냉정하다는 사실 말이다. 까놓고 말해서 돈 문제에 대해 말하기가 버릇없고 교양 없고 너무 노골적이지 않나 싶지만, 우리가 사는 집과 먹는 음식, 무엇보다 나에게 들어가는 모든 비용을 지불하는 사람은 바로 아빠다. 엄마도 잠깐씩 일을 하기는 하지만, 사실 엄마의 정규 업무는 바로 내가 아닌가. 나를 돌보려면 엄청난 비용이 드는데, 모든 돈을 아빠가 낸다. 그러니까 아빠가 돈을 중요하게 생각하는 건 당연하다. 퓰리처상으로 얻은 명성에 논란의 여지가 많은 '얼 디트로'라는 주제의 결합은 아빠에게는 금광의 발견이나 마찬가지였을 거다. 그리고 어쩌면 아빠가 옳을지도 모른다.

확신컨대, 많은 사람들에게 얼 디트로는 영웅이다. 그의 아들은 심각한 발작 증상을 지녔고 지적 장애아였다. 얼은 아빠처럼 고학력자가 아니었다. 낮에는 주유소에서, 밤에는 피자 가게에서 일했다. 아들을 죽인 혐의로 기소되었을 때, 그는 유죄를 인정했다. 법원 계단에서 그는 이렇게 말했다.

"내가 그랬습니다. 내가 죽였어요. 제가 어찌 무죄를 주장하겠습니까? 내 아들을 너무나 사랑했기 때문에 그 애가 고통받는 모습을 더는 지켜볼 수가 없었습니다."

그러고는 자신이 두 살배기 아들을 죽인 건 '내 아기의 고통을 끝내기 위해서'였다고 덧붙였다.

2에 2를 더하고 4를 떠올리는 건 식은 죽 먹기다. 아빠는 이 '고통 끝내기'라는 문제에 점점 더 깊이 빠져들고 있으며, 그 얘기는 곧 내가 점점 더 깊은 곤란 속으로 빠져들고 있다는 뜻이다.

11

남은 건 린디와 쏜과 나,
린디의 어머니, 가고 없고,
친구들, 가고 없으니,
나는 린디를 바라보고
린디는 나를 바라볼 뿐
아무것도 남은 게 없다
우리가 바라볼 것이라고는.

수요일에 아빠와 누나는 〈앨리스 폰즈 쇼〉를 녹화하러 비행기를 타고 로스앤젤레스로 떠났다. 물론 형은 함께 가기를 거부했다. 두 사람은 목요일에 집으로 돌아왔다. 쇼는 오늘 오후, 월요일 오후 세 시에 방영될 예정이다.
 〈앨리스 폰즈 쇼〉는 우리나라에서 가장 인기 있는 프로그램 가운데 하나다. 앨리스는 저학력의 떠들썩한 청중에게 인기가 많은 편이다. 솔직히 나는 볼 때마다 뭐 저런 우스꽝스러운 쇼가 있나 싶다.

엄마와 누나와 형은 거실에 모여 프로그램이 시작하기를 기다리고 있다. 내 눈이 얼마나 협조하느냐에 따라 나도 창가 내 자리에서 쇼를 보게 될 거다.

앨리스가 그녀만의 독특한 스타일로, 최대한 논란이 뜨겁게 달아오르게끔 분노에 가득한 태도로 그날의 프로그램을 소개하며 쇼를 시작한다.

"자식을 살해하는 부모!"

앨리스가 안타깝게 머리를 흔들며 말문을 연다.

"자식을 살해하는 부모, 왜일까요?"

방청객들은 즉각 야유를 보낸다. 대단히 용감무식한 집단이로군. 짐작컨대, 저들은 자식을 죽인 부모에 반대하는 사람들이다.

앨리스가 계속해서 말을 이어나간다.

"오늘, 퓰리처상 수상 시인이자 작가인 시드니 E. 맥다니엘 씨를 모시고, 딸 신시아 맥다니엘 양과 함께 작가가 최근에 집필 중인, 자기 자식을 살해한 남자 얼 디트로를 다룬 저

서에 관해 이야기를 나누어 보도록 하겠습니다."

얼 디트로의 이름이 나오는 순간, 다시 방청객의 야유가 쏟아진다.

어색한 미소를 지으며 앨리스가 말한다.

"자기 자식을 사랑할 수 없는 부모? 무방비 상태의 죄 없는 갓난아기를 무자비하게 살해한 어머니와 아버지? 이 세상의 수잔 스미스, 다이앤 다운스와 얼 디트로 같은 사람들, 이들을 통해 우리는 순수 악의 본성을 발견할 수 있을까요? 오늘 이 시간, 그러한 괴물들 가운데 한 사람을 조명해 보고, 과연 우리가 어떠한 해답을 찾을 수 있을지 지켜보도록 하겠습니다."

순간, 오래된 뉴스 기사와 텔레비전 영화가 떠오른다. 수잔 스미스는 사우스캐롤라이나주에서 호수로 승용차를 후진시켜 자기 아이들을 죽여 놓고는 이를 흑인 유괴범들 짓으로 돌리려고 했던 여자다. 다이앤 다운스는 옛날 영화 〈아름다운 오해〉에 나오는 오리건주 여자인데, 세 자녀를 직접 총으로 쏘아 죽인다. 그리고 이미 알겠지만, 얼 디트로는 이곳 워싱턴주 출신으로 스포캔 근방의 작은 마을인 오티스 오차드에 살았다. 얼은 지적 장애가 있는 자신의 두 살 난 아들을 질식사시켰다.

앨리스 폰즈의 말이 지루하게 이어지자 형은 자리에서 일어나 주방으로 걸어간다. 형은 바비큐 맛 감자칩을 한 봉지 집어 든다. 형은 엄마의 관심이 온통 텔레비전 화면에 쏠려 있다는 걸 눈치 채고는 내 옆으로 쓱 지나가면서 조그만 감자칩을 하나 내 입에 쏙 넣어 준다. 그러면서 나를 보고 씩 웃고는 한쪽 눈을 찡긋 감는다. 턱받이도 없이 나한테 뭘 먹이면 그 결과가 거의 재난 수준이라 엄마는 질색하지만 형은 종종 기회가 있을 때마다 나한테 몰래 특별 간식을 선물한다. 그 점만은 형이 최고다.

아빠와 누나가 막 화면에 등장하는데, 공교롭게도 발작이 시작될 조짐이 보인다. 완전히 심한 발작은 아니고, 발작을 할지 말지 좀 애매한 일종의 뇌 재채기라고나 할까. 하지만 초조하긴 마찬가지다. 나는 가까스로 감자칩 조각을 지켜 낸다. 가벼운 발작이지만 그래도 앨리스 폰즈가 뭐라 하는지, 누나와 형과 엄마의 반응이 어떤지 제대로 파악하기가 힘들다. 겨우겨우 영혼을 붙잡아 두긴 했지만 입은 감자칩의 축복에 빠져 있고, 뇌는 쓸모없는 전기 마찰로 단락(短絡)이 되어 버린 사이에 프로그램의 첫 10분이 후딱 지나가 버렸다.

드디어 발작이 끝나고 정신을 차려 보니, 앨리스가 아빠에게 한 가지 질문을 던진 참이었다. 아직 앨리스의 질문이 끝나지도 않았는데, 아빠는 중간에 말을 잘라 버린다.

"맞는 말씀입니다, 앨리스."

아빠는 낮지만 단호한 목소리로 말을 가로막는다.

"나는 우리 아들 숀을 사랑합니다. 우리 집 아이들 셋 모두 다 사랑합니다. 저는 누가 누구를 사랑하고 안 하고의 문제를 남들이 판단한다는 것은 불가능하다고 생각합니다. 내가 무엇을 느끼는지는 내 마음이 제일 잘 알 테니까요. 내가 우리 아들을 사랑한다는 것을 남들이 믿든 말든 제게는 큰 차이가 없습니다. 저는 숀을 사랑합니다. 그리고 저는 얼 디트로가 그의 아들 콜린을 사랑했다는 것도 잘 압니다."

순간 방청객들은 놀라서 멍하니 쳐다보기만 한다. 박수를 쳐야 할지, 수류탄을 던져야 할지 사태 파악이 되지 않는 눈치다. 카메라가 그들의 얼굴을 훑고 지나가는 동안 많은 방청객은 앨리스를 쳐다보며 어떻게 반응해야 하는지 힌트라도 주기를 기대하는 모습이다. 막상 앨리스도 어찌할지 모르겠는지 방청객만큼이나 어안이 벙벙한 모습이다.

하지만 앨리스는 재빨리 마음을 가다듬고는 심각하면서도

무겁고 간결한 어조로 반박한다.

"선생님은 얼 디트로가, 어린 아들 콜린 디트로를 살해한 그 사람이 자기 자식을 사랑했다는 말씀이신가요? 선생님은 진정 사랑이라는 이름으로 부모가 자식을 죽일 수 있다고 믿는다는 말씀이십니까?"

그제야 방청객들도 감을 잡는다. 그들은 우우, 야유를 보내고 소리를 지르며 개떼처럼 왕왕댄다.

하지만 앨리스가 아빠에게 무어라 더 왈가왈부하기도 전에 다시 아빠의 말이 이어진다.

"자기 아이를 사랑하고 싶지 않은 부모는 없습니다."

부드럽지만 확신에 가득 찬 목소리다.

"나쁜 부모가 되고자 하는 사람은 아무도 없습니다."

방청객들이 다시 잠잠해진다. 부드러운 아빠의 목소리에 최면이라도 걸린 듯, 마치 벙어리가 되어 버린 맹수들처럼.

"하지만 부모들 때문에, 자식을 미워하는 것처럼 행동하는 부모들 때문에 해마다 수천 명의 어린이들이 상처받고 있습니다."

카메라가 방청객을 따라 돌아간다. 말 그대로 수십 명의 방청객이 수긍의 뜻으로 머리를 끄덕인다.

이제 방청객들은 아빠의 손바닥 안에 있다.

"저는 여기 계신 모든 분이 여러분의 자녀를 사랑할 거라 믿고, 또 아직 부모가 되지 못한 분들도 언젠가는 부모가 되어 여러분의 자녀를 사랑할 거라 믿어 의심치 않습니다. 하지만 여러분 중에 단 한 분이라도, 끔찍하고 극심한 고통에 시달리는 자식을 지켜보며 수개월, 아니 수년을 보낸 경험을 지니신 분이 있습니까? 사랑의 정의가 스스로를 책임지지 못하는 사람까지 책임져야만 하는 건 아닐지도 모른다고 고민해 본 적이 있습니까?"

이제 방청객들은 쥐죽은 듯 조용하게 아빠만 뚫어져라 쳐다본다. 아빠는 말을 시작한 뒤 처음으로 천천히 길게 숨을 들이마신다. 자신의 주장에 반박하려는 자에게 침묵으로 맞서기라도 하듯 방청객들을 가만히 바라본다.

아빠가 계속해서 말을 잇는다.

"우리는 압니다, 세상의 모든 부모가 때로는 사랑하는 마음에서 아이에게 상처를 주기도 한다는 사실을 잘 알고 있습니다. '좋아.'라는 대답을 간절히 원하는 아이에게 부모가 '안 돼.'라고 말하면 당연히 아이는 슬퍼하겠지요. 하지만 아이가 원하는 '좋아.'라는 대답으로 인해 우리 아이에게 불행이나 위험이 닥친다면, 현명한 부모라면 '안 돼.'라고 말함으로써 책임을 집니다. 그로 인해 아이의 기분이 아무리 상한다 해도……."

앨리스가 끼어든다.

"제 생각엔……."

아빠는 앨리스를 무시한다.

"요점은, 우리는 좋은 부모가 되기 위해, 진정으로 우리 아이들을 책임지기 위해 매일같이 어려운 결정을 내려야 한다는 말입니다. 아이를 사랑한다면 아이가 아파하거나 슬퍼하거나 분노할지라도 단호하게 '안 돼.'라고 말하며, 확고한 자세로 반드시 내려야만 하는 결정을 내리는 겁니다."

방청객들은 자신들도 모르게 박수를 치기 시작한다. 완전히 공감이 가지는 않지만, 그렇다고 무시해 버리기에는 너무나 옳은 말인 듯한 그 무엇에 동의하는 마음에서 박수를 보내지 않을 수 없는 그런 상황이다.

앨리스가 방청객 가운데 한 여성으로부터 질문을 받는다. 여자는 키가 작고 뚱뚱하며 다소 괴짜처럼 보인다.

"선생님은 얼 디트로가 그냥 시시한 살인자라는 생각은 안 하세요? 그가 죽어도 쌀 만한 짓을 저질렀다고는 생각하지 않으시나요?"

아빠는 그 여자를 빤히 쳐다보더니 망설임 없이 묻는다.

"혹시 누군가에게 '내가 만약 뇌를 다쳐서 혼수상태가 되면 그냥 날 좀 편하게 해 줘.' 이런 말 해본 적 없습니까?"

여자가 불안하게 눈을 깜빡이며 되묻는다.

"네?"

아빠가 강한 어조로 말을 이어간다.

"대부분은 이런 말을 해봤으리라 생각합니다. 저도 그랬고, 제 친구들도 저에게 이런 말을 합니다. 죽고 싶은데 자살조차 할 수 없다면 누군가는 당신의 마음을 알아주기를 바라지 않을까요?"

짐짓 걱정스러운 척했지만 내가 듣기에는 겉치레뿐인 말투로 앨리스가 이렇게 대꾸한다.

"요점을 벗어난 이야기가 아닌가요, 선생님? 우리는 오늘 '자발적 안락사'를 논하고자 이 자리에 모인 것은 아닙니다."

아빠는 한숨을 내뱉으며 고개를 흔든다.

"맞는 말씀입니다, 앨리스. 그럼 제대로 초점을 맞추어 볼까요? 여자 분의 질문에 대답해야죠, 내가 얼 디트로 씨를 어떻게 생각하느냐고 물으셨습니까? 저는 그가 자신이 해야만 한다고 믿었던 일을 해낸 사람이라고 생각합니다."

앨리스가 아빠를 쳐다보며 말한다.

"비디오 인터뷰를 준비해 오신 걸로 알고 있는데요, 그 아동살해범과 함께……."

아빠가 말을 자른다.

"아동살해범요?"

앨리스가 따지듯 묻는다.

"디트로 씨는 자신의 아들을 죽였습니다, 아닌가요? 그로 인해 살인죄로 유죄 판결을 받았습니다, 아닌가요? 그의 아들은 두 살이었고, 어떤 식으로든 스스로를 방어하기란 완전히 불가능했습니다, 아닌가요?"

자신만만한 목소리다.

그때 스냅 사진을 확대시켜 화질이 선명하지 않고, 약간 주황빛으로 착색된 귀여운 사내아이의 사진이 화면을 가득 채운다.

앨리스가 소개한다.

"여러분은 지금 꼬마 콜린의 사진을 보고 계십니다."

'우'와 '아'를 연발하던 방청객들은 사진 속 주인공이 얼 디트로의 희생자라는 것을 깨닫고는 일순간 조용해진다.

앨리스는 확신에 찬 목소리로 묻는다.

"얼은 이 꼬마 천사를 죽였습니다, 아닌가요?"

아빠는 앨리스를 바라보며 나지막이 대답한다.

"아니오, 그렇지 않습니다."

앨리스는 당황하다 못해 얼이 빠진 표정이다.

"저 아이는 콜린 디트로입니다, 아닌가요?"

아빠가 대답한다.

"네, 저 아이가 그 아이였습니다."

"그 아이였다…… 왜냐하면 아이의 아버지가 그 애를 살해했기 때문이죠."

"아닙니다. 콜린은 끔찍하고도 치명적인 수술 불가능한 발작 질환에, 존재 자체를 견딜 수 없게 만드는 심각한 지적 장애가 결부된 돌이킬 수 없는 질병으로 인해 사망했습니다."

"콜린의 아버지는……."

앨리스가 반박하려고 했지만 아빠가 말을 끊는다.

"콜린의 아버지는 아들의 고통을 끝내기 위해서는 그 어떤 일이라도 감수할 만큼 아들을 사랑했습니다. 얼은 자신의 인생을 희생해서라도 자기 자식의 고통을 끝내려……."

앨리스가 끼어든다.

"살인을 포함해서 말이죠."

아빠가 차분하게 대꾸한다.

"그렇다면 얼의 이야기를 직접 들어보는 게 어떻겠습니까?"

"좋습니다. 테이프가 준비됐나요?"

잠시 뒤 앨리스가 다시 말한다.

"됐어요? 좋습니다. 틀어 주세요."

화면에 얼 디트로의 모습이 나타난다. 전에 그를 본 적이 있긴 하지만 지금은 감옥에 있는 터라 그의 현재 모습이 궁금하다. 다행스럽게도 내 눈이 그를 향한다. 그는 주황색 죄수복 차림으로 회색 벽을 뒤로 한 채 앉아 있다. 키를 가늠하기는 힘들지만 아빠와 엇비슷해 보인다. 얼굴은 좋아 보인다. 머리카락은 아주 짧은 편인데, 정수리는 머리카락이 많이 빠져 있다. 왼쪽 귀가 오른쪽 귀보다 조금 더 튀어나와 보인다. 그것만 빼면 온순한 미소에 웃으면 잇새가 드러나는 평범한 외모를 가진 남자다. 영화나 텔레비전 범죄물에 나오는 살인범들과는 확실히 다른 모습이다. 오히려 정반대라고 해야 하나. 잔디를 깎거나 낙엽을 긁어모으는 옆집 이웃처럼 생긴 남자다. 평범한 보통 남자.

수용실 구조상 아빠는 얼의 옆에 앉아 있는데, 두 사람이

앉은 철제 접이식 의자가 거의 맞닿아 있어서 두 사람의 얼굴은 서로를 바라본다기보다는 카메라를 향하고 있다. 발목 위로 전신이 화면에 잡힌다. 두 사람 다 긴장이 완전히 풀린 상태까지는 아니지만 편안해 보인다.

아빠 : 이곳 생활은 어떻습니까?

얼 : 뭐, 여러분이 생각하시는 것과는 좀 다를지 모르겠습니다. 다들 남들과는 거의 어울리지 않으니까요. 나쁜 점이 궁금하면 나쁜 점을 찾을 수 있고, 사람들 신경 쓰지 않고 참견하기 싫다면 그렇게 할 수도 있습니다. 아직까지는 제가 그렇게 지내고 있죠. 문신이 많다는 점만 빼면 스카우트 캠프와 비슷하다고나 할까요.

아빠 : (미소를 짓고 잠시 멈칫하더니 다시 심각해진다.) 얼, 우리는 당신의 아들 콜린과 콜린에게 닥친 일에 대해 이야기하고자 합니다. 말씀할 준비가 되셨습니까?

얼 : (어렵게 침을 삼키더니 무릎 위에 포갠 자신의 두 손만 뚫어져라 내려다본다.) 어려운 얘기지만, 네, 준비됐습니다.

아빠 : 왜 아들을 죽였지요, 얼?

얼 : 아무도 이해하지 못할 겁니다. 이해받기 위해 말씀드

리는 게 아닙니다. 저는 이것이 진실이기 때문에, 그리고 선생님에게도 콜린과 같은 아들이 있기 때문에 말씀드리는 겁니다. 어쩌면 이 얘기가 선생님이나 콜린과 같은 자녀를 둔 다른 분들에게 도움이 될지 모르겠군요. 저는 지금도, 그리고 앞으로도 결코 제가 콜린을 죽였다거나 살해했다는 생각은 하지 않을 겁니다. 다만 그 아이의 고통을 끝내기 위해 할 일을 했을 뿐입니다. (얼은 잠시 머뭇거리며 서너 번 천천히 깊게 숨을 들이마신다. 그는 아빠를 올려다본다. 천천히 카메라가 그의 얼굴 가까이 다가간다.)

여러분이 자녀를 마음 깊이 사랑하는데, 그런데 그렇게 사랑하는 아이가 끔찍한 고통에 시달리는 모습을 지켜봐야 한다면, 의학적으로 보나, 의사들이 그렇게 말해 주었으니까요, 내 마음으로 보나 아이의 상태는 전혀 가망이 없고, 아이의 인생이 온통 괴로움과 고통뿐이라면, 여러분이 그 애를 정말 사랑한다면 여러분은 어떻게 하겠습니까? 콜린은 무기력했습니다. 오로지 그 아이를 괴롭히기 위해 존재하는 보이지 않는 악마들의 손에 놀아나는 것만 같았습니다. (얼 디트로의 왼쪽 눈가에서 눈물이 한 방울 가만히 흘러내린다. 그는 오른 손등으로 뺨에 흘러내린 눈물을 닦아 낸다.)

멈춰야만 했습니다. 저는 법이 뭐라 하든, 경찰이 뭐라 하든, 그 누가 뭐라 하든 상관없습니다. 제기랄, 그치들이 알긴 뭘 알아, 콜린을 보지도 못했는데. 콜린의 머릿속에도, 내 마음속에도 들어와 본 적이 없는데……. 저는 제게 무슨 일이 닥치든 개의치 않았습니다. 멈춰야만 했습니다. 저는 콜린을 사랑했습니다. 지금도 사랑하고 앞으로도 영원히 사랑할 겁니다. 제게 중요한 건 오로지 그 아이의 고통을 끝내는 거였습니다. 제가 그 고통을 끝냈고, 남들이 저를 어떻게 생각하든, 제가 저지른 일은 저와 콜린, 그리고 제 아내와 하느님 사이의 일이라고 생각합니다.

아빠 : 만일 또다시 그런 일을 해야만 한다면 그렇게 하시겠습니까?

얼 : (살짝 미소를 짓는다.) '아닙니다, 선생님. 충분히 반성했습니다.' 이렇게 말해야 되잖아요. 평생을 여기서 썩을 순 없는데, 당연히 반성하고 뉘우친다고 해야 될 것 같지만…… 그래도 지금 이 순간만큼은 또다시 그렇게 하겠다고 말하겠습니다. 콜린이 고통받는 모습을 다시 본다면 매일이라도 그렇게 할 겁니다. 네, 다시 그렇게 할 겁니다.

아빠 : 만일 다음 주에 콜린을 치료할 신약이나 새로운 치

료법이 개발된다면 어쩌실 겁니까? 혹시라도 그렇게 되면 어떻게 감당하시겠습니까?

얼 : 글쎄요, 의사들 말로는 애당초 그런 희망이 없다고 했지만, 만약에 그런다면 어떤 기분일까요? 어떤 느낌일까, 제가 삶을 마감하면 제가 저지른 일이니 영원히 지옥불 속에 떨어지겠죠?

(얼은 쓸쓸히 미소를 짓고 카메라에서 시선을 돌린다. 그는 잠시 머뭇거리다 카메라 밖 탁자에 놓인 유리잔에서 물을 한 모금 홀짝이더니 컵을 도로 내려놓는다. 그는 깊이 숨을 들이마신다.)

당시 저는 콜린의 얼굴에 베개를 덮어씌웠습니다. 상처가 나지 않게 공기를 차단할 정도로만 말이죠. 저는 베개를 잡은 채 아주 간절히 기도를 드렸습니다. 주께서 아브라함에게 그러셨듯이, 이삭을 살리시고 숫양을 준비하셨듯이, 어쩌면 하느님이 개입하시지 않을까 희망을 가졌습니다. 하지만 제 행동을 멈추게 해 달라고 기도한 건 아니었습니다. 부디 콜린이 고통받지 않게 해 달라고 기도했습니다. 콜린은 전혀 반항하지 않았습니다. 제가 그러는 동안 꼼짝달싹하지 않고 너무나도 조용했습니다. (얼은 잠시 말을 멈추고 천천히 숨을 고르며 자신을 추스른다.)

　제발 콜린의 고통을 끝내 달라고, 부디 나 대신 그 애를 보살펴 달라고 간절히 기도했습니다. 모든 게 끝나고 콜린이 가고 없다는 느낌이 들더군요. 천사처럼 너무나 아름다운 모습으로 누워 있는데, 정말 콜린이 태어난 뒤 처음이었어요, 마음으로 느낄 수 있었습니다, 태어난 뒤 처음으로 고통 없이 누워 있다는 걸 말이죠. 눈을 보니 그 애가 가고 없다는 걸 알았어요. 난생 처음 콜린의 얼굴에서 평화를 보았습니다. (얼은 고개를 들었고, 두 뺨 위로 눈물이 주르르 흘러내린다. 그의 말이 끝난다. 그의 얼굴은 눈물범벅이 되었지만 고요하고 평화로워 보인다. 그는 품위 있고 침착한 태도로 곧추 앉는다.)

　아빠 : 말씀해 주셔서 고맙습니다, 얼. 오늘은 이만 마치겠습니다. *(카메라에서 짤깍 소리가 나더니 화면이 까맣게 된다.)*

　갑자기 화면이 앨리스 폰즈로 바뀌었고, 순간 가만히 서 있던 그녀는 감정이 충만한 목소리로 이렇게 말한다.

　"잠시 후에 뵙겠습니다."

거실은 완벽한 침묵에 빠진다. 엄마의 숨소리가 들릴 정도다. 형과 누나도 아무 말 없이 멍하니 텔레비전만 쳐다본다. 화면에서는 웬 여자가 나와서 새하얗게 빨리는 세제를 선전 중이다. 아무도 나를 쳐다보지 않는다.

나는 얼과 콜린에 대해, 아빠와 나에 대해 생각한다. 자신보다 다른 사람을 먼저 생각하지 않는 사랑이 무슨 소용이 있을까? 얼이 콜린을 죽이며 하느님 흉내를 냈으리라고는 생각하지 않는다. 그는 아들을 사랑한다는 것이 곧 무슨 수단을 써서라도 아이의 고통을 끝내는 것과 같다고 믿었다. 얼의 행동과 그것을 연구하기로 한 아빠의 결심을 보고 나니, 아빠가 여전히 날 위해 당신이 무엇을 해야 하는지 고민하고 있다는 게 그 어느 때보다도 자명해진다. 아빠는 당신이 나를 사랑하는 것처럼 얼도 자신의 아들을 사랑했다는 걸 잘 알고 있다. 내겐 직감이 있다. 너무나 생생하여 도저히 거부할 수 없는 나만의 직감이 말한다. 아빠는 지금 이유를 찾고 있는 거야, 무엇이라도 좋으니 제발 나를 죽이지 않을 이유를.

그런데 앨리스 폰즈와 깜짝 놀란 방청객들, 아빠와 누나, 그리고 또 다른 선전과 나머지 쇼가 시작하기도 전에 방금

전 겨우겨우 밀쳐 냈던 발작이 다시 내 머릿속으로 쳐들어온다. 이번에는 거침없이 내 척추로 치고 들어와 두 팔 아래로, 그리고 내 이마를 지나 진격해 간다. 타닥, 타닥, 타다닥, 오늘 〈앨리스 폰즈 쇼〉는 여기서 끝이다.

12

부서지듯 몇 달이 흐르고
돈은 무기력하기만,
먹고, 숨 쉬며, 배변만 할 뿐,
무언지 모를 존재 속에 갇혀 있다
그 누구도 전혀
이해할 수 없는.

이번 발작은 제대로다. 텔레비전에서 앨리스 폰즈가 누나한테 몇 가지 질문을 던지는 소리가 웅얼웅얼 들려오긴 하는데 도저히 집중이 되지 않는다. 나는 이내 우리 집 지붕 위로 둥실 떠올라 눈앞에 펼쳐진 광경을 바라보며 솟구쳤다 내려왔는데, 실제로는 아무런 느낌이 없지만(육체가 없이는 느낌도 없는 법이다.) 그야말로 순수한 즐거움으로 내 안과 내 주변의 모든 것을 경험하는 중이다.

  나는 엄마와 형과 누나와 아빠를 사랑한다. 비록 직접 내 감각으로 소통하기란 불가능하지만 내 안과 내 주변에는 기운이 넘치며, 내가 생각하고 기억하는 모든 것이 기쁨으로 바뀐다. 순수한 기쁨. 좋아하는 영화, 좋아하는 그림, 시디에서 흘러나오는 음악, 솔방울들, 초콜릿 푸딩, 훈제 굴의 맛(고마워, 형!), 자동차 소리, 그리고 밝은 빨간색의 1966년형 포드 머스탱. 나는 수많은 책에 담긴 아이디어를 사랑하고, 먼지 폴폴 날리는 책장의 책 냄새를 사랑하며, 스테인리스 싱크대에서 풍기는 세정제 냄새를 사랑한다. 11월의 차가운 아침과 창문으로 쏟아져 들어와 내 손을 비추는 따스한 햇살을 생각한다. 커다랗고 부드러운 스펀지로 따뜻한 물을 뚝뚝 흘리며 내 등을 닦아 주는 엄마와 함께하는 매일 밤의 목욕을 생각하고, 엉킴 없이 매끈해진 내 머리를 훑고 지나가는 머리빗을 생각하면 그 모든 것이 기쁨으로 변한다. 나에게도 삶이란 멋질 수 있다. 이런 나에게도.

  느긋하고 편안하게 우리 집과 엄마의 작은 정원 위를 누비며 나아간다. 불쑥 솟구쳤다가 미끄러지듯 나아간다. 나 역시 당연히 이 모든 것의 일부이며 여기에 속한 존재임을 확신한다. 나는 죽고 싶지 않다! 살고 싶다! 여기에 머무르고 싶다. 그리고…….

기운이 쑥 빠진 채로 깨어나니 몸 안이다. 발작이 끝나고 다시 내 안으로 돌아오는 실제 순간을 나는 단 한 번도 기억하지 못한다. 뭉게구름 사이를 휘젓고 다니거나 바람을 타고 놀던 내 영혼은 어느 순간, 기진맥진한 채 깨어 있는 '진짜' 내 몸으로 도로 돌아와 있다.

이번에 내 몸으로 돌아왔을 땐 여전히 원래 있던 그 자리, 휠체어였지만 텔레비전은 꺼져 있었다. 엄마는 거실에 없다. 누나와 형은 심각하게 가만가만 이야기를 나누고 있다. 처음에는 두 사람의 말을 알아듣기 힘들었다. 둘 다 꼭 입에 톱밥을 가득 물고 말하는 것처럼 들린다. 물론 두 사람 잘못이 아니다. 영혼이 육체를 빠져나갔다 돌아오면 감각들이 제자리를 찾는 데 이따금은 시간이 필요하기 때문이다.

드디어 형이 하는 말이 제대로 들린다.

"아빠는 그럴 용기도 없어. 그럴 엄두도 못 낼걸."

누나가 말한다.

"아빠는 안 하실 거야. 난 그게 용기와는 상관없는 문제라고 생각하지만."

형이 맞장구를 친다.

"맞아, 그럴지도 모르지. 하지만 디트로는 기꺼이 자기 인생을 거기에 걸었잖아. 그러기엔 아빠는 너무 이기적이야. 게다가 그럴 의향이 있다면 뭐 하러 이렇게 오랫동안 기다려 왔겠어?"

잠시 멈칫하던 누나가 말한다.

"어쩌면 실현 가능성을 보여 줄 디트로 같은 사람이 필요했나 보지."

형이 잠깐 생각하더니 입을 뗀다.

"어쩌면……."

형이 뜸을 들이다 다시 천천히 말을 시작한다. 신중하게 할 말을 고르는 듯하다.

"〈앨리스 폰즈 쇼〉에서 누나가 손에 대해 말한 거, 그리고 힘들다고 하는 얘기, 다 마음에 들었어."

발작 때문에 놓쳤던 〈앨리스 폰즈 쇼〉의 한 부분을 언급하고 있다.

누나가 대답한다.

"이 모든 상황에 대해 불평하는 내 자신이 늘 싫었어."

형도 인정하며 고개를 끄덕인다.

"그래, 나도 알아."

두 사람은 잠시 말이 없다.

전에는 단 한 번도 형과 누나가 나에 대해 이렇게 말한 적이 없었다. 이건 진심인데, 기분이 나쁘지는 않다. 두 사람도 분명 이따금은 나에 대한 감정이 좋지 않을 거라는 생각을 많이 해왔으니까. 그래도 놀랍기는 하다. 내가 없을 때 둘이서 얼마나 많이 이런 이야기를 나누었을까?

형이 말한다.

"어쨌든 누나는 멋졌어. 손의 상태가 우리 식구들에게 어떤 영향을 미쳤는지, 그 때문에 우리 모두의 생활이 어떻게 영원히 바뀌었는지 누나가 이야기를 참 잘했어."

누나는 씩 웃더니 정말 바보처럼 콧소리가 나는 어투로 이렇게 묻는다.

"당신도 역시 남동생을 죽이고 싶나여?"

〈앨리스 폰즈 쇼〉에 나왔던 방청객 흉내를 내는 거다.

형이 웃음을 터뜨린다.

"그 여자 진짜 웃기지 않았어? 아마 쓸 때도 '남동생'이라고 쓸 거야."

형이 가만 있다 다시 깔깔대며 웃는다.

"그래서 누나가 물었잖아. '어떤 남동생 말씀이세요?' 그 말이 일품이었다니까."

누나도 웃는다.

"니가 앨리스 폰즈의 얼굴을 봤어야 돼. 카메라에 안 잡힐 때 말이야. 난 그 여자가 기절하는 줄 알았잖아."

둘은 잠시 말이 없다. 그러다 누나가 마치 엄마가 듣지 않을까 살피기라도 하듯 가만가만 말을 꺼낸다.

"그러니까 너는 아빠가 괜찮을 거라는 말이지? 숀이 무사할 거라고 생각해?"

그 순간 두 귀가 쫑긋 선다. 두 사람은 내 안전에 대해 이야기하고 있다. 내가 생각하고 있는 바로 그 문제를 이야기하고 있다.

"그럼! 숀은 무사할 거야."

형은 확실하게 다짐한다.

"설령 아빠가 정신이 나가서 무슨 짓을 저지르려고 해도 먼저 나부터 상대해야 할 테니까."

누나가 고개를 끄덕인다. 누나는 형이 무슨 말을 하는지 잘 안다. 우리 둘 다 잘 안다.

지난해 여름 어느 날, 나는 휠체어를 타고 우리 집 현관 앞에 나와 있었다. 그날 형은 외출금지를 당해서 퀸앤 극장에서 친구들과 만나 영화를 보기로 한 약속을 지키지 못했다. 전날 밤에 너무 늦게 들어와서 외출금지와 더불어 바위 정원의 잡초를 뽑는 벌을 받았다. 그래서 기분이 썩 좋지 않은 상태였다. 바위 정원은 집 앞에서 시작해서 집 옆으로 쭉 이어진다. 앞은 평평하고 양옆은 경사진 모양으로 팬지, 암탉과 병아리*, 그리고 이름 모를 작은 화초들이 가득하다. 잡초 뽑기는 무척이나 귀찮고 힘들어 보였다. 직접 잡초를 뽑아 보지 않았기 때문에 단언하기는 어렵지만 형이 일하는 내내 툴툴대고, 끙끙거리고, 중얼중얼 욕을 하고, 허리를 편다고 자꾸만 일어나는 것만 봐도 정말 지독히도 싫은 일인가 보다.

형 또래의 열다섯 살 안팎인 듯한 남자 둘이 우리 집 울타리 바로 밖에서 버스를 타려고 인도를 따라 걸어 올라오던 그때, 형은 집 옆에서 일하는 중이었다. 그날따라 오후 내내 내 머리와 목과 눈이 따로 놀았던 터라 그 둘이 버스 정류장

---

*hens-and-chickens, 다육식물의 일종. 어린 개체들이 원 식물체 주변으로 모여나기 때문에 일명 '암탉과 병아리'라고 불린다.

까지 다 왔을 때에도 둘의 모습을 제대로 볼 수 없었다. 두 사람은 한동안 서로 잘난 척하며 시끄럽게 떠들고 욕을 해대며 농담을 주고받았다. 둘 중 하나가 어떤 여자애에 대해 저질스러운 이야기를 꺼내자 다른 하나가 웃음을 터뜨렸다.

그러다 한 남자가 내 쪽을 보며 고함을 질렀다.

"어이! 여기 버스가 지나가긴 하냐?"

남자의 목소리는 신경질적인데다가 퉁명스럽기까지 해서 마치 나한테 화가 난 것처럼 들렸다.

내가 대답을 하지 않자, 아까 그 목소리가 딱딱거렸다.

"야! 거기 너, 롤러 더비*."

내 휠체어를 말하는 게 분명했다.

"여기 버스가 오냐, 안 오냐?"

그 남자의 친구가 깔깔거리며 웃더니 말했다.

"쟤는 머리가 딸리는 바보과인가 봐."

"저런 띨띨이."

먼저 말을 꺼냈던 사내가 다시 소리를 질러 댔다.

짧은 순간 둘의 모습을 봤는데, 한 사람은 덩치가 크고 육중해 보였다. 검은 티셔츠와 검정색 청바지 차림에 부츠를 신고 있었다. 옆 사람은 키는 더 작지만 근육질에 단단한 체

격으로, 몸매를 과시하는 그물 모양 셔츠를 입고 있었다. 키는 형만 하고, 옆의 덩치 큰 친구보다는 10여 센티미터 정도 작아 보였는데, 둘 다 더러운 손에 지저분한 긴 머리까지, 못생긴데다 억세면서도 촌티가 역력했다.

다른 목소리가 말했다.

"야, 리키 리타르도**, 버스 어딨냐?"

첫 번째 목소리가 조롱하듯 낄낄거렸다.

"그래, 리타르도 몬토본***, 욕망이라는 이름의 전차****는 어딨냐?"

둘 다 낄낄대며 웃었다. 웃을 수만 있다면 나도 같이 웃었을 거다. 잘도 갖다 붙이는 게 제법 재치가 있는 편이었다. 그러더니 다시 첫 번째 사내가 이렇게 말했다.

"가서 한 방 날려 줘야 네 놈이 예의를 갖추겠냐?"

화가 나고 심술궂은 목소리였다.

---

* Roller Derby, 롤러스케이트를 타고 실시하는 프로경기
** 미국의 유명 텔레비전 쇼 〈I Love Lucy〉에 나오는 등장인물 리키 리카르도(Ricky Recardo)의 이름을 이용해 지적 장애아인 손을 빗대어 리카르도(Recardo)를 리타르도(Retardo)로 바꾸어 놀리고 있다. 'retard'는 우리말로 '저능아'라는 뜻으로 지적 장애인을 비하하는 말이다.
*** 역시 멕시코 출신의 미국 영화배우 리카르도 몬탈반(Ricardo Montalban)의 이름에 빗대어 손을 놀리는 말이다.
**** 두 남자가 버스를 기다리는 상황을 영화 제목 〈욕망이라는 이름의 전차〉에 빗대 농담을 한 것이다.

다른 목소리가 맞장구를 쳤다.

"그래, 우리가 네 놈을 손봐 주면 안 되는 이유를 한 가지만 대 봐. 그럼 네 역겨운 엉덩이를 가만 놔둘 테니까. 안 그러면……."

그는 거기서 말을 그쳤다.

그의 친구가 다시 웃음을 터뜨렸다. 둘의 웃음소리는 하나도 유쾌하게 들리지 않았다. 보이지는 않았지만 대문으로 다가오는 발소리가 들렸다. 현관 앞 내 자리는 인도에서 겨우 열 발자국 남짓 떨어져 있었다. 어느새 그들은 바로 내 코앞에 다가와 있었다.

좀 전의 첫 번째 목소리가 시비를 걸었다.

"안녕, 바보야. 이 근처에 버스 다니는 거 본 적 있냐? 근데 넌 대체 뭐냐?"

그는 내 코에 손가락을 탕탕 튕겨 대며 물었다.

"얘는 무슨 만화에 나오는 괴물처럼 생겼어. 야, 너 거기 나오는 괴상망측한 괴물 맞지?"

다음 순간 턱밑으로 후끈한 느낌이 들었다. 따뜻한가 싶더니 금세 뜨거워졌다. 뇌간에서 내 몸으로 실룩실룩 경련을 내보내기 시작했다. 둘이 깔깔대는 소리가 들렸다.

"어이, 천재 선생, 뜨거운 거 싫어하나 봐? 너 '라이터'라는 말······."

그게 그 목소리가 내뱉은 마지막 말이었다.

모퉁이에서 형의 모습이 얼핏 보였을 뿐이었는데, 어느새 형이 둘을 향해 달려들고 있었다. 어찌나 민첩하던지 그냥 뿌옇게 보일 정도였다. 형이 사정없이 주먹을 날리는데, 두 사내의 몸뚱이가 터져 버릴 것 같았다. 한 사람한테서는 꺽꺽거리는 비명이 들려왔고, 다른 한 사람은 숨이 멎을 듯 헐떡였다. 이내 주위는 온통 주먹이 살을 내리치는 소리로 가득했다. 순식간에 한 남자는 오로지 하악하악 신음만 내었고, 다른 남자에게서는 쥐죽은 듯 아무 소리도 들리지 않았다.

내 머리와 눈이 그들을 넘어 먼 곳으로 시선을 돌리는 바람에 초점은 빗나갔지만 끔찍한 광경은 놓치지 않았다. 덩치 큰 남자는 꼼짝도 못 하고 피투성이가 된 채 바닥에 뻗어 있었다. 할리우드나 텔레비전용 '총 맞은 얼굴' 분장이 아니라 진짜로 얼굴에 총을 맞은 듯했다. 죽은 거 아닌가 걱정이 될 정도였다. 좀 작은 사내는 친구보다 훨씬 더 많이 피를 흘린 듯했는데, 왼쪽 콧구멍이 찢어져서 벌어진 상태였다. 한쪽 눈썹 역시 절반은 찢겨 나간 듯했고, 코는 주저앉고 눈은 충혈되었다. 끔찍 그 자체였다.

최악은 형이었다. 형은 마치 기계처럼, 겨우 버티고 선 남자를 주먹으로 연방 내리치고는 발로 툭 차서 밀쳐 버리더니, 이번에는 의식을 잃고 바닥에 꼼짝 않고 누워 있는 남자를 발로 팍팍 짓밟기 시작했다. 형의 그런 표정은 난생처음이었다. 목의 혈관은 금방이라도 터질 듯 툭 불거져 나왔고, 잡초를 뽑느라 이미 지저분해진 두 주먹은 피로 물들어 있었다. 형은 알아보기 힘든 괴물 같은 모습이었다.

얼마 못 가 키가 작은 사내 역시 바닥으로 풀썩 쓰러지더니 공처럼 몸을 웅크리며 정신을 잃은 친구 옆에서 끙끙거렸다.

내 발치에 쓰러진 둘을 내버려 두고 형이 집 옆으로 달려갔다. 키가 좀 작은 사내가 웅얼거리는 소리가 들려왔다.

"아담, 일어나…… 아담, 제발, 으, 세상에……."

몇 초도 안 돼 형이 되돌아왔다.

"너, 불 좋아하지, 어?"

형이 중얼거리는데, 어찌나 낮고도 차가운 목소리였는지 심지어는 나마저도 두려운 마음이 들었다.

"내 동생한테 불을 붙이려고 했냐? 그런 짓을 하려고 했어?"

형이 한 사내를 거칠게 걷어찼다.

"내 동생한테 불을 붙여?"

그제야 형이 들고 온 휘발유통이 눈에 띄었다. 형은 휘발유통을 들고 정신없이 뚜껑을 열더니 둘의 몸 위에다 휘발유를 콸콸 쏟아부었다. 나는 냄새 때문에 기절하기 일보직전이었고, 두 사내의 등에서는 휘발유에 반사된 빛이 물결치듯 어른거렸다.

휘발유 한 통을 몽땅 비우더니 형이 말했다.

"내 동생을 불태우려고 하면서 웃어?"

그러곤 몸을 숙여 키가 작은 사내의 팔을 움켜잡았다. 그 사내는 신음소리를 내뱉으며 어떻게든 밑으로 손을 숨기려고 기를 썼지만, 형은 그 팔을 휙 잡아 빼서는 두둑 소리가 나도록 손가락을 뒤로 꺾어 버렸다. 라이터가 바닥으로 툭 떨어졌다. 형이 라이터를 집어 들었다.

형이 재차 물었다.

"너, 불 좋아하지, 어?"

사내가 겨우 말을 하며 애원했다.

"제발 그러지 마세요…… 제발…… 오, 하느님…… 제발!"

형이 남자의 그물 셔츠를 등 뒤에서 꽉 틀어쥐더니 둘둘 뭉쳐서 다른 손 쪽으로 홱 끌어당겼다. 사내의 몸은 꼭 봉제 인형처럼 보였다. 사방에 휘발유 냄새가 진동했다.

형은 휘발유로 흠뻑 젖은 옷 뭉치에 라이터를 가져다 댔다. 형이 라이터를 탁 켰다. 불꽃은 일지 않았다. 형이 다시 한 번 엄지손가락을 라이터 레버 위로 가져갔다.

내 뒤에서 비명이 터져 나왔다.

"폴!"

누나가 현관에서 달려 나와 형을 획 밀쳤고, 형은 넘어지며 엉덩방아를 찧었다. 형은 누나의 셔츠 앞자락을 꽉 잡으며 벌떡 일어났다. 형이 누나를 치려고 주먹을 뒤로 빼는데, 누나가 다시 소리를 꽥 질렀다.

"폴! 폴! 그만해! 멈춰!"

퍼뜩 정신이 들었나 보다. 형은 눈을 심하게 깜박이더니 누나를 뚫어져라 쳐다보았다. 실제로는 삼사 초에 불과한 순간이었지만, 마치 몇 십 분은 되는 듯 느껴졌다.

형은 떨리고 약간은 겁을 먹은 듯한 목소리로 중얼거리며 대답했다.

"알았어."

형이 누나의 팔을 쓰다듬었다.

"알았어, 알았다구."

누나는 두 낯선 이방인들을 내려다보았다. 이제는 덩치 큰 사내도 일어나 앉아 있었는데, 온몸에 휘발유를 뒤집어 쓴 몰골로 다행히 라이터에 불이 붙지 않아 죽음을 모면한 뒤라 잔뜩 겁에 질린 모양새였다.

누나가 꼭 엄마처럼 물었다.

"이게 대체 무슨 일이야?"

대답하는 형의 아랫입술이 덜덜 떨렸다.

"저놈들이 숀을 해치려고 했어. 숀한테 불을 붙이려고 했어."

누나는 두 사람을 다시 한 번 쳐다보더니 분노에 찬 목소리로 외쳤다.

"여기서 당장 꺼져! 내가 동생을 안 말렸으면 당신들은 벌써 죽은 목숨이야.."

두 사내는 말 한 마디 못 하고 가까스로 몸을 추슬러 서로를 부축해 가며 열린 문으로 정신없이 빠져나갔다. 10여 초도 안 돼 이미 그들은 사라지고 없었다. 우리는 두 번 다시 그들을 보지 못했다.

그 순간보다 형을 사랑하고 두려워했던 적은 이제껏 없었다.

그렇다. 아빠가 나를 해치려면 형을 먼저 상대해야 할 거라는 형의 말이 무슨 뜻인지 누나는 잘 알고 있다. 누나는 이해한다. 나 역시 그렇다. 그렇지만 형이 영원히 나를 지켜 주지 못할 거라는 것 또한 우리는 잘 알고 있다. 중요한 건, 만약 아빠가 얼 디트로가 옳다는 결론을 내리면 그 누구도 나를 보호할 수 없다는 사실이다.

13

손과 나는
어둠 속에 외로이.

손과 나는 외로이.

우리는 사라져간다.
우리는 사라져간다.

〈앨리스 폰즈 쇼〉 이후 닷새가 흘렀다. 닷새. 아빠 생각을 멈출 수가 없다. 아빠가 나를 죽일까? 언제? 어떻게? 무슨 일이 닥치게 될까?

금요일 오후다. 어제 형은 팀 동료들과 함께 버스를 타고 이번 주말에 있을 농구 선수권 쟁탈전에 출전하기 위해 500

여 킬로미터를 달려 스포캔으로 갔다. 형은 몹시 들떠 있었다. 내일 아침 토요일에는 엄마도 용맹스런 스파르타 군이 스포캔 톰슨 고등학교의 호전적인 기사들과 대결하는 모습을 지켜보기 위해 누나와 누나 친구 두세 명을 태우고 스포캔으로 향한다. 이런 열광적인 분위기에 호응하기가 도무지 힘들다. 〈앨리스 폰즈 쇼〉에 등장한 아빠의 모습은 나를 상당히 흥분시켰다. 부정적인 생각. 도무지 부정적인 생각을 떨치기가 힘들다. 지금 이 순간, 나는 그 부정적인 생각의 바다를 떠다니고 있다.

  죽음에 대해 생각하지 않으려 애를 써 보지만 마음속은 온통 그 생각뿐이다. 사형수 수감동의 사형수들이 분명 이렇게 끔찍하고 절망적인 기분이 아닐까. 배 속은 텅 비고, 가슴은 가까스로 숨을 쉬며, 머릿속은 여러 가지 생각이 줄달음질친다. 내 자신을 불쌍히 여기기는 싫다. 부정성과 자기 연민은 헛된 일이다. 지금껏 하루하루를 견디기 위해 많은 부분을 유머와 좋은 기억에 의지해 왔다. 나에게 있어 웃음과 기억은 언제나 걱정을 몰아내기 위한 최선의 방책이었다. 기억에 관해서라면 내가 왕이니까.

  지금 당장 나는 내 기억의 창을 닫을 수가 없다. 내 인생은 뇌를 통해 질주하기에 나는 모든 것을 기억한다. 그렇다고 뇌기능을 저하시킬 수도 없는 노릇이다. 여섯 살이었던 크리스마스 날 아침이 생각난다. 거실에서 누나와 형이 떠드는 소리에 잠을 깼다. 아마 셋 다 어린 꼬마로서 맞은 마지막 크리스마스가 아니었을까 싶다. 아기 침대에 누워 있는데, 누나와 형이 키득거리는 소리가 들렸다. 아주 살짝 부욱 찢는 소리, 바스락거리는 포장지 소리에 이어 요란하고 들뜬 속삭임 속에 '오!' 하고 '와!' 하는 환호성이 들렸다. 그러다가 스카치테이프를 탁 뜯어내는 소리가 들렸다. 형과 누나는 선물이란 선물은 모두 다 뜯어서 살짝 들여다보고는 도로 테이프로 꼭 붙여 놓았다. 그해 12월은 상당히 따뜻했다. 침대에 누워 있는데 아주 통통한 울새가 한 마리 포르르 날아와 창문 밖 창턱에 내려앉았다. 커튼 사이로 난 작은 틈새로 울새가 보였다. 울새는 틈새 한가운데에 자리를 잡고 앉아 나를 빤히 바라보았다. 크리스마스 날 아침의 경찰새 단원처럼, 지금 안에서 뭐하는 짓이지 하며 감시하는 기색이었다. 그 새는 마치 누나와 형을 체포할까 말까 내 의견을 구하는 듯했다. 당연히 말도 안 되는 얘기지만 그땐 정말 그런 것만 같았다. 울새에게 마음속으로 이번만 눈감아 주자고 했더니 울새는 나를 보고 한 눈을 찡긋하더니 날아가 버렸다. 아직도 기억이 생생하다!

여덟 살 때 엄마 아빠가 우리 셋을 시애틀 센터의 퍼시픽 사이언스 센터로 데려갔던 기억이 난다. 옛날부터 누나와 형은 가상현실 체험관에 가자고 졸라 대곤 했다. 줄을 서서 40분을 기다리면 머리에 보호 장구를 쓰고 빙글빙글 돌아가는 장치 속으로 걸어 들어가 우주를 날아다닐 수 있는 기회가 찾아온다. 누나와 형이 차례를 마치고 나오자, 이제 다른 데로 이동할 거라고 생각했는데 뜻밖에 아빠가 이렇게 말했다.

"숀 차례다."

그 기구를 작동시키는 남자가 휠체어에 앉아 있는 나를 쳐다보더니 말했다.

"죄송합니다, 선생님. 기구 안에 휠체어를 집어넣기가 힘들 것 같습니다."

아빠는 광인 시인 시드니 E. 맥다니엘이 보여 줄 수 있는 가장 멋진 시선으로 그 남자를 바라보았다. 당시는 아빠가 퓰리처상을 받기 전이었는데, 아빠는 그때가 지금보다 훨씬 더 '광기' 있게 보였다. 아빠가 말했다.

"이 기구에 휠체어를 왜 태웁니까?"

아빠는 마치 내가 1킬로그램도 안 나간다는 듯 나를 번쩍 들어 올리며 당당히 요구했다.

"나를 앉혀 주시오. 내가 이 아이를 안고 있을 테니까."

담당 직원은 키가 크고 마른 체형에 초록색 사이언스 센터 폴로 셔츠를 입고 있었다.

"글쎄요."

"괜찮다니까, 친구."

아빠는 그 남자가 20년 지기 친구나 되는 듯 스스럼없이 말을 건넸다.

"알잖소, 배짱이 없으면 영광도 없다. 아, 내가 같이 탄다니까, 이렇게."

아빠는 뚜벅뚜벅 기구로 걸어가더니 남자가 뭐라고 하기도 전에 쉬지 않고 말을 하며 장치 안으로 걸어 들어갔고, 계속해서 나를 꼭 안고는 직원이 "안 됩니다."라고 말할 기회조차 주지 않았다.

"이거 멋지겠는데. 장애인 안 태웠다고 소송 걸고 싶은 생각 추호도 없다니까. 누이 좋고 매부 좋은 일인데. 재미있는 거 싫어하는 사람이 누가 있겠나. 와, 이거 정말 근사한데. 우리 이제 신나게 즐겨 보자. 좋아, 좋아. 이렇게 안전벨트를

매고, 여기 머리에 보호 장구도 쓸 거니까, 자, 우리는 준비 끝났습니다."

직원이 끼어들 틈도 없이, 아빠와 나는 벌써 그 기구 안에 앉아 안전벨트까지 꽉 동여매고 있었다. 아빠가 손을 쭉 뻗어 남자에게서 보호 장구를 낚아채더니 내 머리에 푹 씌웠다.

다음 순간, 시간과 공간을 넘나들며 빙글빙글 도는데, 바로 내 옆에서 별들이 스쳐 지나갔고, 눈앞에는 빛, 어둠, 속도의 눈부신 은하가 펼쳐졌다. 끝내준다! 하지만 그 중에서도 가장 최고는 우주를 통과하며 빙글빙글 돌고 이리저리 흔들리는 내내 나를 꼭 안고 있는 아빠의 두 팔, 그리고 따뜻한 그 느낌이었다. 아직도 기억이 생생하다!

나는 지금껏 들었던 온갖 종류의 음악에 대한 내 반응을 모두 다 기억한다. 노래와 선율, 그리고 화음까지도. 반 고흐의 '까마귀가 나는 보리밭', 에드워드 호퍼[*]의 '밤을 지새우는 사람들', 피카소의 '게르니카', 그리고 바위를 감싸고 흐르는 물을 찍은 메리 란들렛[**]의 사진 작품들을 기억한다. 화가와 시인, 배우와 도랑을 파는 노동자, 경찰과 식료품 장수, 우리 집 계량기를 읽는 남자의 얼굴과 목소리, 그 손과 마음을 기억한다.

켄 번즈***의 〈야구〉****와 엄마의 찰리 향수, 누나의 웃음소리와 미소, 그때 형의 손에 묻어 있던 피, 형의 웃음소리와 계단을 올라갈 때마다 쿵쾅거리는 발소리, 전화벨 소리, 드럼 치는 소리, 조간신문이 현관에 탁하고 부딪치는 소리까지 모두 다 기억한다. 나는 기억한다. 앨리의 아름다운 얼굴, 윌리엄 선생님의 억센 팔, 베티 선생님의 부드러운 미소, 그리고 '꼬추, 꼬추, 꼬추.' 내 삶은 두 눈을 지나 귓속을 가로지르며 내가 꿈꾸고, 보고, 냄새 맡고, 듣고, 원하고, 사랑하고, 미워하고, 두려워하고, 만지고 싶어했던 모든 것, 그 모든 것을 기억한다.

기억은 우리 모두에게 존재한다. 우리 자신을 위해, 우리가 사랑하는 사람들을 위해. 죽고 나면 남는 건 오로지 기억뿐이다. 내가 죽은 뒤, 혹시라도 누군가는 아빠의 시 〈손〉을 읽게 되겠지. 내가 죽고 일 년 뒤, 어쩌면 이 년, 아니면 이백 년 뒤가 될까? 시를 읽고 감동에 젖은 그 사람은 어쩌면 나를 잘 안다고 생각할지도 모르겠다. 그들은 누구를 알

---

* Edward Hopper(1882~1967), 팝아트와 신사실주의 미술에 영향을 끼친 미국의 유명한 화가
** Mary Randlett(1924~), 미국의 저명한 사진작가
*** Ken Burns(1953~), 미국의 독립 다큐멘터리 영화감독
**** 〈Baseball〉, 1994년 켄 번즈가 감독한 텔레비전 다큐멘터리 시리즈

게 될까? 그들은 무엇을 알게 될까? 그 시에는 시인인 시드니 E. 맥다니엘이 자신의 아들을 죽였다는 특별 주석이라도 달려 있을까? 그 독자는 아빠나 나를 조금이라도 더 잘 알게 될까? 내가 가고 나면 나는 기억으로만 남는다. 내 삶을, 한때는 이 세상에 살았고 완벽한 기억력의 소유자였던 내 삶을 그 누가 기억해 줄까? 아무도 모를 거다. 아, 누가 나를 알아 줄까? 언젠가는 나라는 존재가 알려질 날이 올 거라는 희망을 포기할 마음의 준비가 되지 않았는데, 난 아직 준비가 되지 않았는데…….

14

잠이 들면 나지막한 소리로 그가 숨을 쉰다.
움직임 없는 두 손, 침묵 속에, 잠이 들고
그의 영혼은 고요한 강 위를 떠도는 깃털……

 지금 시각은 대략 밤 열 시. 피곤하다. 살아오며 겪은 기억들을 빠짐없이 기억하면서 하루 종일 죽음에 대해 생각하는 일은 참으로 힘들다. 곧바로 잠에 빠져든다. 꿈을 꾼다.
 꿈속에서 나는 우거진 나무들에 둘러싸여 길에서는 보이지 않는 아빠의 초록색 집 안에 있다. 침실이 두 개에다 화장실이 하나 딸린 수수하고 조그만 이층집이다. 앞에는 테라스가 있고, 테라스 주변에는 커다랗고 오래된 체리나무가 한 그루 심어져 있다.
 어느새 나는 아빠의 침실에 있고, 아빠는 바로 내 옆에서 잠을 잔다. 발작 여행 때 여러 번 이 방에 찾아왔다. 캄캄한 어둠을 뚫고 벽에 걸린 액자 속의 나와 누나, 그리고 형의 사진이 보인다. 셋이 함께 찍은 사진도 있고, 따로따로 찍은 사진도 있다. 사진 하나는 우리 셋 다 조그만 꼬마였을 때 찍은 건데, 아빠는 머리숱이 많고 엄마도 꼭 아이처럼 나왔다.

방 한구석, 길가를 향해 난 키 큰 창 바로 밑에는 글 쓰는 탁자가 있고, 탁자 위에는 아빠의 컴퓨터가 놓여 있다. 컴퓨터의 화면보호기 무늬는 빛으로 된 점들이 앞으로 쏟아져 나오는 형상으로, 마치 화면의 양옆과 위와 바닥에서 별들이 떨어져 내리다 화면 밖으로 날아가는 듯하다. 다시 제일 어두컴컴한 구석, 벽장 문 옆으로 살그머니 들어가 억지로 어둠 속으로 파고든다.

그러다 마침내 용기를 내어 아빠의 침대로 다가가 가만히 속삭여 본다.

"아빠."

아무런 응답이 없다.

"저기요, 나 좀 보세요."

명령조의 말투에 나 자신도 깜짝 놀란다. 그때 아빠가 나를 올려다본다.

내 눈을 응시하는 아빠의 얼굴에는 혼란스러운 표정이 스쳐 지나가는 게 어디서 봤더라 하며 기억을 더듬고 있는 듯하다.

아빠가 묻는다.

"누구지? 너는 천사니?"

"아니에요."

우리가 실제로 대화를 나누고 있다는 사실에 조금 놀라며 내가 대답한다.

"아빠, 나예요."

이렇게 말하는데, 문득 아빠에게 내 목소리를 직접 들려주기는 이번이 처음이라는 생각이 스친다.

"오, 우리 아가."

아빠가 속삭이더니 울먹이기 시작한다.

"오, 우리 아들, 네가 가 버렸구나. 오, 하느님, 이렇게 가 버려서 어떡하니."

"아빠, 괜찮아요. 나는 괜찮아요."

"오, 하느님, 숀, 네가 가 버렸어."

나는 단호한 목소리로 말한다.

"아빠, 나 여기 있잖아요. 사랑해요. 아빠한테 하고 싶은 말이……."

내 말을 무시하며 아빠가 끼어든다.

"너를 이렇게 잃어서 어쩌니. 아가야, 너를 보내야만 해서 정말 미안하다. 넌 내 아가였어. 내 아들, 아빠가 안녕이라고 인사했지. 아빠가 너를 떠났고, 너를 잃었어."

아빠가 흐느낀다.

"아빠, 저는 괜찮아요."

나는 어떻게든 끼어들며 강조한다. 아빠를 안심시키고 싶다.

"너는 가 버렸구나. 아빠가 널 보내서 천사가 되었구나. 아빠랑 너는 똑같이 엄지손가락이 젖혀지는데. 아빤 널 보내야만 했어……."

아빠는 쏟아지는 눈물 때문에 다음 말을 잇지 못한다.

나 역시 흐느끼기 시작한다.

"아빠, 아빠…… 난…… 난 안 돼요."

울음이 터져 나와 말을 할 수가 없다.

"정말 미안하다, 아들아."

아빠의 목소리가 파르르 떨렸고, 아린 상처를 도려내는 메스처럼 내 마음속으로 파고든다.

"너는 천사야, 내 아기. 내가 너를 보내서 천사들이 찾아와 너를 사랑해 주었고, 너를 데려간 거야. 잘 가라, 아들아. 잘 가라, 내 아기. 가서 천사가 되렴."

아빠가 다정하게 말한다.

"사랑해요, 아빠!"

이렇게 소리치고 막 꿈에서 깨려는 찰나, 필사적으로 한 마디를 덧붙인다.

"나는 죽기 싫어요!"

15

이 순간 내 안에선 까닭모를 변화가,
난생 처음 느끼는 그 무엇으로,
두 마리 새가 날개를 퍼덕이며 떨어지네,
막다른, 침묵의 기도를 거쳐 아래로,
꿈과 희망에게 이별을 속삭이며,
아래로, 아래로, 이별을 속삭이며.

토요일 아침이다. 침낭과 음료수 캔, 여행 가방, 화장품 가방, 먹을거리들, 떠들썩한 소음, 웃음소리, 특유의 고음으로 재잘대는 여자들의 흥에 겨운 목소리들 사이에서 누나와 누나 친구들, 그리고 엄마는 스포캔으로 떠날 막바지 준비가 한창이다. 맞서 싸워라, 스파르타인이여!
몇 시간은 되는 듯한 시간이 흐르고 드디어 승합차가 꽉 채워진다. 엄마는 현관으로 향하다 멈춰 서서 내 이마에 입을 맞춘다. 하지만 엄마가 입술을 오므리기도 전에 누나가 깔깔대며 엄마를 끌고 가 버린다. 그렇게 순식간에 다들 가 버린다. 단체로 온갖 에너지와 혼란을 뿜어내고는 밖으로 사라진다.

내 임시 도우미 '본다'는 좋은 사람이다. 내가 알기로 '임시 도우미'라는 호칭은 베이비시터를 대신하는 근사한 새 이름이다. 본다는 전에도 나를 돌봐 준 적이 있다. 밥을 먹일 때는 성급한 편이긴 하지만 기저귀를 가는 걸 보면 분명 시간당 6달러를 버는 데는 도가 튼 사람이다. 하지만 대부분은 텔레비전을 보거나 전화로 수다를 떨기도 하고, 자신이 가져온 〈굿 하우스키핑〉*이나 〈글래머〉**를 뒤적거리며 시간을 보낸다. 나한테 관심을 많이 쏟는 편은 아니지만 그건 다른 사람이라고 해도 마찬가지다.

오늘 본다는 기분이 좋다. 손톱에 꽂혀서 번쩍이는 짙은 보라색을 칠해 대더니 금박가루까지 뿌린다. 최저 급여에 몸

---

*〈Good Housekeeping〉, 미국의 주부 잡지
**〈Glamour〉, 미국의 여성지

무게도 평균 체중보다 20킬로그램은 더 나가지만 손톱과 머리 모양만큼은 완벽하다. 나는 본다가 좋다. 밤이 되면 본다는 나에게 밥을 먹이고 약도 먹일 거다. 잠옷을 입히고 나면 내가 뽀송뽀송하고 깨끗한지 확인한 다음 나를 침대에 뉘여 줄 거다.

시간이 참 빨리 지나간다. 한 시간이 꼭 일 분처럼. 주방 전자레인지의 전자시계가 눈에 들어올 때마다 벌써 시간이 이렇게 됐나 싶어 깜짝깜짝 놀란다.

첫 발작이 찾아왔을 때는 어느새 이른 오후였다.

육체를 벗어나 시애틀을 한 바퀴 둘러보고자 마음먹는다. 파이크 플레이스 마켓*, 시애틀 미술관, 파이오니아 광장, 그리고 지저분한 부두와 생선 비린내에 바다 냄새가 진동하는 해안도로 선창가.

이번 발작은 여유롭게 즐겨 본다. 엄마의 차가 있나 싶어 'I-90' 고속도로 아래쪽으로 가 볼까 하다가 지금은 하늘을 날거나 솟구쳐 오르거나 시공(時空)을 가로질러 누비고 다닐 마음이 들지 않는다. 그냥 느긋하고 편안한 기분이다. 목적

*Pike Place Market, 미국 워싱턴 주 시애틀에 있는 재래시장

도 없이 가만히 떠다니며 평화를 즐긴다. 내가 기억하는 모든 것을 떠올리고, 내가 들었던 모든 것을 떠올리며, 혹시라도…….

다시 내 몸으로 돌아왔다. 방금 전까지 서점에서 내가 좋아하는 옛날 그림책들의 책장과 책장 사이를 누비고 다녔는데, 지금 보니 침대에 있다. 밖은 이미 어두워졌다. 몇 시간이나 잠을 잤나 보다.

자동차가 멈추는 소리가 들린다. 차문이 열리고 닫힌다. 발자국 소리가 집을 향해 다가온다. 현관을 똑똑 두드리는 소리가 나더니 누군가 걸어 들어온다.

아빠 목소리다.

"안녕하십니까."

본다가 인사에 답한다.

"안녕하세요."

"숀 아버지 됩니다."

본다가 대답한다.

"아, 네……."

약간 상기된 듯한 말투다.

두 사람은 거실 입구에서 의례적인 인사를 주고받는다. 아빠가 본다의 손톱을 칭찬해 주자, 본다가 고맙다는 인사와 함께 수줍은 듯 실실 웃는다.

아빠가 묻는다.

"오늘 숀은 잘 지냈나요?"

"네, 그럼요. 이렇게 만나 뵙게 돼서 너무 좋아요. 선생님 시 읽었어요, 손에 대한 시…… 그러니까, 손에 대한 그 시 말인데요…… 그러니까…… 정말 훌륭해서…… 너무나 영광이에요. 전부터 만나 뵙고 싶었어요."

본다는 말 그대로 숨이 다 넘어갈 듯 힘들게 말을 이어나간다.

"저한테 선생님 책도 있어요, 제 가방에요. 혹시나 해서 항상 갖고 다니는데…… 그러니까 혹시나…… 사인 좀 해 주시면 안 될까요?"

"해 드려야죠."

대답하는 아빠의 목소리에 웃음이 묻어난다.

가방을 부스럭거리며 뒤지는 소리가 들린다. 그러더니 아빠 목소리가 들린다. 그런데 정신이 딴 데 팔린 듯한 말투다. 아빠가 막 생각난 것처럼 말을 꺼낸다.

"이러면 어떨까요? 오늘밤에 제가 숀과 함께 지내고 싶은데. 벌써 밥도 먹이고 침대에 눕혔지요, 그렇죠?"

"아, 네……. '본드 콰란토스에게'라고 해 주시고, 직접 한 말씀 써 주시겠어요?"

본다가 부끄러운 듯 작은 소리로 웃는다.

"물론이죠."

아빠는 이렇게 대답하고는 본다의 시집에 사인을 하면서 아까와 똑같이 아무렇지도 않게, 막 떠올랐다는 투로 덧붙인다.

"이러면 어떨까요? 본다 양이 밤새도록 여기 붙잡혀 있을 필요가 없을 것 같아요. 내가 숀과 함께 있을게요."

"정말요?"

"그럼요. 그리고 당연히 보수는 전부 다 지급될 겁니다. 오늘 밤 내가 따로 할 일이 없으니까, 난 그냥 좀 돕는 것뿐이니까요."

"와, 그러면 좋겠네요."

"그럼 거래가 끝난 겁니다."

평생을 통틀어 아빠 혼자서 나와 함께 밤을 지새운 적이 한 번도 없다는 사실이 문득 머리를 스친다. 그런데 느닷없이 아빠가 나를 돌보겠다며 자청하고 나선 것이다.
뭐, 거래가 끝났다고? 내가 끝난 거래란 말인가?

16

우리는 고요한 어둠 속에 앉아 있으니,
나는 느끼네, 내 아기가 꿈꾸고 있음을,
그의 숨은 친디와 나에게 안녕을 고했고.
그의 숨은 곧 내 할아버지의 숨이었고,
그의 숨은 곧 내 아버지가 우리를 사랑하심이었고,
그의 숨은 곧 나의 숨, 우리는 하나가 되어 숨을 쉬었네.

아빠가 방으로 들어오는 소리가 들린다. 나는 가만히 기다린다. 내가 할 수 있는 일은 아무것도 없다. 두려움은 없다. 호흡도 편안하다. 나는 침착하고, 편안하며, 방심하지 않는다. 아빠가 어떤 결정을 내렸든, 무엇을 결심했든. 난 정말 무엇이 최선인지 모르기에 그게 옳은지 그른지 알 수는 없지만, 개가 죽던 날 목격했던 것처럼 죽음도 별 게 아닐지도 모른다. 그냥 영혼이 자유로이 날아다니는 것, 어쩌면 죽음이란 그런 게 아닐까. 잘 모르겠다.

"안녕, 친구."

아빠가 인사를 건넨다. 아빠는 내 침대로 다가와 몸을 낮춰 내 옆에 앉는다. 아빠는 말이 없다. 그러다 누비 베개가 놓여 있는 침대 발치의 한 귀퉁이로 손을 뻗는다. 베개를 들어 무릎으로 가져간다. 우연히 내 시선이 그 베개에 꽂힌다. 몇 년 전 엄마가 직접 베개 덮개를 만들었는데, 아마도 아빠가 우리를 떠나기 전이었을 거다. 베개에는 밝은 파랑과 베이지색으로 된 네모난 체크무늬가 있고, 짙은 암홍색 테두리가 가늘게 둘러져 있다. 테두리의 짙은 암홍색을 보면 꼭 흑백영화에서 피가 나오는 장면이 떠오른다. 나는 아빠가 쓴 시의 한 구절, 모든 것을 거의 다 끝냈다는 그 밤을 떠올리는 중이다. 얼 디트로가 아들을 죽이는 장면을 묘사한 내용이 생각난다.

슬픈 눈으로 아빠가 말한다.

"아빠가 널 사랑한다는 사실을 알았으면 좋겠다. 아빤 언제나 널 사랑했어."

아빠는 잠깐 멈칫하며 신중하게 말을 고른다. 미리 준비해

온 말이라는 걸 알겠다. 아빠는 베개를 계속 만지작거렸다. 베개를 들었다 놨다 안절부절못한다. 아빠가 손을 뻗어 내 손을 잡는다.

"이중 관절이야."

아빠가 내 손을 무릎에 놓인 베개 위로 올리며 말한다. 아빠는 가만히 내 엄지손가락을 꺾어 보더니 아빠 손가락도 꺾는다.

"너랑 나만."

내 말이 제발 아빠의 마음에 가 닿기를 바라며 "저도 사랑해요, 아빠."라고 마음속으로 생각한다.

아빠는 내 손을 물끄러미 바라보며 천천히 숨을 쉰다. 눈물을 꾹 참고 나를 쳐다보며 마음을 가다듬으려 애를 쓴다.

"숀, 난 언제나 너를 사랑했다."

부드럽고 떨리는 목소리로 다시 한 번 되풀이한다. 아빠가 한 말과 생각들의 중압감이 육중한 콘크리트 블록처럼 아빠를 잡아끄는 듯 보인다. 아빠는 주먹이 새하얗게 질릴 정도로 베개를 꼭 쥐고 있다.

"아빠가 '사랑한다'라는 말을 너무 쉽게 한다는 거 알아. 그리고 말이 흔해지면 의미가 가벼워진다는 것도 잘 안단다.

하지만 아빠가 말하는 '사랑'이 무엇을 의미하는지, 우리가 겪은 일을 모조리 겪어 보지 않는 한, 바로 지금 이 순간을 경험해 보지 않는 한 어느 누구도 그 의미를 알 수 없어."

아빠가 울음을 터뜨린다. 아빠는 가만히 흐느끼며 어떻게든 말을 해보려 안간힘을 쓴다.

"단 하루도 너를 생각하지 않은 날이 없었다. 단 한 시간도 네가 잘 있는지, 괜찮은지 걱정하지 않은 적이 없었어. '사랑'이라는 말로는 이 아빠가 너에 대해, 널 위해 생각하는 감정들을 표현하기에는 턱없이 모자라."

아빠는 침착함을 되찾으려고 잠시 말을 멈춘다.

나는 다시 "저도 사랑해요."라는 말을 마음속으로 되뇌고 또 되뇐다.

때마침 시선이 아빠의 얼굴로 움직여 말을 하는 아빠의 표정이 보인다.

지금까지 한 번도 아빠가 이렇게 늙었구나 싶은 적이 없었다. 매끈한 피부에 여전히 잘생긴 얼굴이지만 금방이라도 부서질 듯 연약해 보인다. 두 눈은 너무나 많은 슬픔을 목격한 듯하고, 얼굴의 주름은 깊고도 깊다.

"숀, 너를 생각할 때면 내 마음은 한순간에 무너져 내렸다가 다음 순간에는 평화를 되찾는단다. 아파하는 너를 생각할 때면 아빠는 당장에라도 숨이 멎을 것 같고 가슴이 너무나 아프단다. 때로는 기도하지, 그냥 이 모든 게 끝나 버리게 해 주십사."

갑자기 아빠가 다시 힘을 되찾은 듯싶더니, 분노에 가득 찬 목소리로 말을 잇는다.

"네가 태어나고 이런 문제가 있을 거라는 말을 들었을 때, 무릎을 꿇고 내 평생 기도했던 것보다 훨씬 더 간절히 기도를 드렸다는 걸 알고 있니? 하느님이든 악마든, 아니면 중간에 있는 그 누구든 제발 너 대신 내가 그 자리에 있게 해 달라고 말이야. 아빠는 기도를 드렸단다. 밤이면 밤마다 네 몸 안에 갇힌 그 사람이 나일 수 있게 해 달라고 말이야. 몇 주를, 몇 개월을 얼마나 간절히 기도했던지, 하마터면 하느님을 믿을 뻔했지."

아빠가 스스로의 아이러니를 비웃는다.

"우린 둘 다 처음부터 결과가 뻔하다는 걸 잘 알고 있었던 거야."

아빠 목소리는 다시 냉정하게 변했다.

"그토록 기도를 했건만 아무런 응답도 없었고, 아빠는 아무리 심한 욕설로도 하느님을 향해 쏟아지는 아빠의 분노를 제대로 표현하기가 힘들 지경이 되었지. 수년이 흐르고서야 아빠는 휴전 조약에 서명을 했단다. 하느님이 많이 참았지."

아빠가 한숨을 내쉰다.

"세상에 쉬운 일은 없단다. 그렇지, 숀? 생각대로 되는 일이 하나도 없어. 너를 진정 아는 이가 아무도 없다는 거, 너도 잘 알지? 너를 천재일 거라 생각하든 지적 장애아라고 생각하든 결국 믿음이 필요한 거는 똑같다는 얘기다."

아빠는 혼자서 낄낄거리며 웃는다.

"뭐, 천재라고 믿는 게 좀 낫긴 하겠지만, 아빠 말 알겠지? 만약에 네가 모든 걸 이해한다면 어땠을까? 내가 무슨 생각을 하고 있는지 네가 다 알고 있다면, 그런데도 넌 아무런 대응조차 할 수 없다면 어땠겠냐 이 말이야."

아빠는 적당한 말을 찾는다. 아빠의 얼굴에서, 축 처진 어깨와 뻣뻣한 목에서, 떨리는 손에서 아빠의 고통이 고스란히 느껴진다.

"넌 아무리 물어도 대답을 못 하지. 그렇다고 네가 그런 질문들을 하나도 이해하지 못한다는 뜻일까? 너는 내가 어떻게 하면 좋겠니, 숀? 며칠 전 밤에 꿈을 꾸었단다. 네가 나한테 말을 하는 꿈이었는데, 뭐라고 했는지 생각이 나지 않는구나. 행복했는지 슬펐는지 기억이 나지 않아…….”

아빠는 당신의 말에 지쳐 버린 듯싶다.

"어찌해야 할지 모르겠구나, 아들아."

아빠의 목소리가 피곤하게 들린다. 아빠가 가슴을 들어 올린다. 마치 마지막 한 번이라며 몸을 일으켜 세우려는 듯이. 최후의 일격? 아빠의 무릎에 있는 베개가 보인다. 아빠는 숨을 잠시 멈추더니, 숨을 천천히 깊게 들이마신다. 결국 이렇게 결정을 내린 건가? 아빠가 무의식중에 엄지손톱으로 베개 끝에 풀린 실오라기를 잡아당기더니 손톱 끝으로 자꾸만 문지른다.

내 눈동자는 제멋대로 사방으로 움직이더니, 기적이라도 일어난 것처럼 불현듯 아빠를 정면으로 올려다본다. 눈이 마주친다. 아빠의 표정에서 아빠가 내 시선을 되받고 있다는 게 느껴진다. 어쨌든 우리는 다시 둘이 함께 있다. 둘이서 대화를 나누었던 그날 밤 꿈처럼. 아빠는 겉모습이 아닌 내 마음속을 응시한다. 이렇게 서로를 응시하기는 난생처음이다.

"숀?"

아빠가 조그만 목소리로 나를 부른다.

"아들아…….."

아빠가 이렇게 입을 뗀다.

우리가 함께 마주앉은 묘하고도 불가능한 이 순간, 아빠의 눈에 다시 눈물이 고인다.

"사랑한다."

나는 가만히 마음속 가장 깊은 곳에서 말을 이끌어 낸다.

"저도 사랑해요, 아빠."

제발 그렇게 말할 수 있기를 희망하면서, 부디 아빠에게 들리기를 희망하면서!

하지만 누가 먼저 다시 말을 하기도 전에 타닥, 타닥, 타닥, 느낌이 온다. 이제 무슨 일이 닥칠지 나는 모른다. 발작이 서서히 내 몸을 휘감고 돌기 시작한다. 아빠는 어떤 결정을 내릴까? 무엇이 됐든 다음 순간 나는 자유롭게 날아오를 것이다. 어차피 아빠가 어느 쪽을 택하든 나는 하늘 높이 날아오를 것이다.

: 지은이의 말

아무도 답을 알 수 없는 이야기

어떤 작가들은 이야기와 인물들을 창작해 내서 그들이 상상한 세상을 독자로 하여금 믿게 합니다. 또 다른 이야기들은 작가가 살아오면서 겪은 '실제' 사건들에 기반을 두고 있습니다.

이 작품은 전자도, 후자도 아닌 두 가지 유형이 섞인 이야기입니다. 저는 숀의 세계를 만들어 냈고, 그 안에서 일어나는 모든 것을 꾸며 낸 반면, 제가 쓴 내용은 숀과 같은 아이, 제 아들 '헨리 쉬한 트루먼'의 부모라는 제 삶에 바탕을 둔 것이기도 합니다.

쉬한은 사람들에게 소설 속의 숀과 아주 흡사한 방식으로 인식됩니다. 학습적인 면은 물론 그 밖의 많은 것을 이해하는 게 불가능하다는 점에서 말이죠. 쉬한도 숀처럼 뇌성마비로 전혀 의사소통이 안 되는 최중증 발달 장애라는 진단을 받았습니다. 쉬한은 종종 '지진아'나 지적 장애아, 심지어는 '저능아'로도 불립니다.

  이 작품을 쓰면서 저는 제 아들 쉬한에게 인생이란 어떤 모습일까 하는 질문에 기초하여 한 인물을 창조하고, 또 그 인물에게 세상은 어떤 의미일지 만들어 보고 싶었습니다. 이 이야기의 숀처럼 쉬한도 숨겨진 천재일까요? 쉬한도 감자칩과 로큰롤을 좋아할까요? 숨겨진 본모습은 재치 있고 유머가 넘치고 현명할까요? 살아 있다는 것이 행복할까요?

  저는 그 어떤 질문에도 "네."라고 대답할 수가 없습니다. 그리고 "아니오."라고 대답할 수도 없습니다. "모르겠습니다."라고 하는 게 솔직한 대답일 테고, 그 답을 아는 이는 아무도 없습니다.

테리 트루먼

: 옮긴이의 말

삶과 죽음, 그리고
사랑의 소중함에 관한 이야기

　우리는 종종 뉴스나 영화 등을 통해 사회적 편견과 역경을 딛고 일어나 자신이 목표한 바를 이룬 장애인들의 이야기를 접한다. 그리고 그 옆에는 늘 묵묵히 자신을 희생하는 헌신적인 어머니나 아버지가 있다. 지금껏 그러한 장애인들과 묵묵히 그 곁을 지키는 가족의 모습은 그저 눈시울을 적시는 아름다운 장면에 불과했다. 하지만 이 작품을 읽고 나자, 그것은 직접 겪어 보지 않은 사람은 감히 상상조차 할 수 없는 장애인과 그 가족이 겪고 있는 현실이자 우리 사회가 마주한 현실이라는 것을 깨닫게 되었다.
　작품 속 주인공 숀은 열네 살의 최중증 뇌성마비 장애인이다. 아이큐 1.2, 정신연령 3~4개월의 판정을 받았으며, 자기 의지로는 눈동자 하나 마음대로 움직이지 못하는 말 그대로 식물인간에 다름없는 소년이다. 게다가 하루에도 수차례 엄청난 발작을 일으켜, 아들이 고통받는 모습을 보다 못한 아버지는 어머니와 이혼하고 가족과 집을 떠났다. 숀의 말대로 그의 출생은 가족의 모든 것을 완전히 바꾸어 놓았다. 결국 숀의 아버지는 숀을 죽이는 게 진정 숀을 위하는 길이 아닐까 고민하게 된다.

이 작품의 커다란 주제는 물론 장애와 안락사이다. 보통 사람들은 감히 상상조차 할 수 없는 장애아와 그 가족의 아픔을 생생하고 진솔하게 그리고 있다. 안락사라는 예민한 주제를 정면으로 다루면서 어느 것이 옳고 어느 것이 그르다는 시시비비의 문제가 아닌, 안락사라는 주제 자체에 집중을 시켜 생각하고 고민하게 만든다. 작품 속에서 숀이 직접적으로 언급하고 있지만, 숀의 아버지는 숀을 죽이기 위해서가 아니라 죽이지 않을 이유를 찾기 위해 고민하고 또 고민한다. 사랑에는 당연히 책임이 따르게 마련이지만, 과연 그 책임의 한계는 어디까지일지, 죽음으로써 자녀의 고통을 끝낼 수 있다고 믿는다면 그것까지도 부모의 책임에 포함되는 것인지 많은 생각의 여지를 남긴다.

하지만 이 작품은 단지 장애에 대한 소설에 그치지 않는다. 숀은 눈으로 보이는 모습만으로 판단하지 말고, 숨겨진 내면을 들여다보라고 말한다. 숀은 겉으로 보기에는 말 그대로 완전 바보지만 그의 내면은 한 번 들은 소리는 무엇이든 기억하는 '숨겨진 천재'로, 뛰어난 지능뿐 아니라 남다른 유머 감각과 통찰력, 그리고 사랑하고 사랑받고 싶은 평범한 열네 살 아이의 감정을 그대로 간직한 아름다운 소년이다. 또한 숀은 굳이 장애가 아니더라도 환경과 상황에 갇혀서 더는 물러설 곳이 없다고 느끼는, 절망 속에 빠져 있는 청소년들에게도 희망이 있음을 역설한다. "이런 나에게도 삶은 아름답다. 죽고 싶지 않다. 살고 싶다."는 숀의 외침이 마음 깊이 와 닿는다.

뭐니 뭐니 해도 이 작품의 최대 매력은 마지막 결말이 아닌가 싶다. 아버지와 숀이 단둘이 대면하고 있는, 긴장과 슬픔이 교차하는 마지막 장면을 읽으며 나도 모르게 눈물이 흘러내렸다. 그 어느 쪽으로도 결정을 내리지 못하는 열린 결말 속에, 작품 속 아버지와 숀의 아픔뿐만이 아니라 실제로 뇌성마비 아들을 둔 작가 자신의 아픔과 고민이 그대로 느껴져 가슴이 아팠다. '지은이의 말'에서도 밝혔듯 테리 트루먼에게는 실제로 숀과 똑같은 증상을 가진 '헨리 쉬한 트루먼'이라는 아들이 있다. 또한 작품 속 아버지처럼 실제로 자신의 아들을 주인공으로 한 시 〈쉬한〉을 발표한 바 있으며, 2004년에는 숀의 형인 폴의 입장에서 바라본 소설 『Cruise Control』을 출간하기도 했다. 작품 속 아버지인 시드니 E. 맥다니엘의 고민과 아픔이 그저 가슴 아픈 사연이 아닌, 구체적인 현실의 이야기로 생생하고 진솔하게 와 닿는 이유도 바로 그 때문이 아닌가 싶다. 청소년은 물론 부모들에게도 꼭 추천하고 싶은 작품이다.

천미나

옮긴이 **천미나**
서울에서 태어났으며 이화여자대학교 문헌정보학과를 졸업했다. 지금은 구례에서 전문 번역가로 활동하고 있다. 그동안 옮긴 책으로는 『아름다운 아이』, 『아빠 나를 죽이지 마세요』, 『블랙 독』, 『어둠을 걷는 아이들』, 『마지막 지도 제작자』, 『사이먼 가라사대, 우리는 모두 별이다』, 『당당하게 실망시키기』, 『달 표면에 나무 심기』 등이 있다.

새로고침 05
아빠 나를 죽이지 마세요

펴낸날 초판 1쇄 2009년 6월 20일 · 개정판 1쇄 2025년 10월 30일
지은이 테리 트루먼 | **옮긴이** 천미나 | **펴낸이** 정현문
편집 양덕모 | **마케팅** 김은영 | **디자인** 함정인 | **펴낸곳** 책과콩나무
출판등록 제2020-000163호 | **주소** 서울시 영등포구 양평로 157, 1212호
전화 02-3141-4772(마케팅), 02-6326-4772(편집) | **팩스** 02-6326-4771
이메일 booknbean@naver.com | **블로그** blog.naver.com/booknbean
인스타그램 instagram.com/booknbean_pub
ISBN 979-11-7426-009-3 (43840)

*값은 뒤표지에 적혀 있습니다.
*잘못된 책은 구입한 곳에서 바꾸어 드립니다.
*이 책 내용의 전부 또는 일부를 재사용하려면 반드시 저작권자와 책과콩나무 양측의 동의를 받아야 합니다.